BoD™
BOOKS on DEMAND

Für meine Mädchen

Unsere Zeit ist ohne Garantie,
aber unsere Liebe ist Zeitlos

Heidrun Päulgen

Julia

Verliebt sein ist wie Achterbahn

Bibliografische Information der Deutschen Nationalbibliothek:
Die Deutsche Nationalbibliothek verzeichnet diese Publikation in der Deutschen Nationalbibliografie; detaillierte bibliografische Daten sind im Internet über http://dnb.dnb.de abrufbar.

© 2013

Herstellung und Verlag: BoD – Books on Demand, Norderstedt

ISBN: 978-3-7481-1857-2
Cover: Jana Päulgen

Endlich Sommerferien! Das letzte halbe Jahr in der Schule war stressig, eine Klausur nach der anderen. Julia fühlt sich ausgelaugt. Sie sehnt sich danach, mehr Zeit mit ihrer Freundin Hannah zu verbringen, einfach nur abzuhängen. Doch die Zeit der Ferien ist verplant und getaktet, der Urlaub gebucht, drei Wochen Norderney, „der guten Luft wegen", sagt Mama. Julias jüngerer Bruder Tom leidet unter Allergien. „Vorher fahren wir noch eine Woche aufs Land zu den Großeltern, das liegt auf dem Weg", bestimmt Papa. Die Koffer sind gepackt, am Abend des ersten Ferientages geht es los. Papas Eltern leben im südpfälzischen Wachenheim. Sie bewohnen ein altes

Weingut, das unmittelbar an eine Burgruine an-
grenzt. Die beachtlichen Reste der Burgmauer
bieten ein imposantes Bild, und der Burgfried
reckt sich stolz über die Häuser des Ortes. Als
kleines Mädchen hat sie am alten Gemäuer ›Prinzessin‹ gespielt. Sie erinnert sich gerne daran. Da
sie so weit weg wohnen, sehen sie Vaters Eltern
nicht oft. Sie wollen möglichst viel Zeit miteinander verbringen. Trotzdem hat Julia sich ein
paar nette DVDs eingepackt und jede Menge
Musik auf ihrem iPhone, für alle Fälle und gegen
potentielle Langeweile.

Erster Tag

Während die Erwachsenen an der Kaffeetafel sitzen und viel zu erzählen haben, wird es dem achtjährigen Tom allmählich langweilig. Opa Justus bietet ihm an mit in die Werkstatt zu kommen, was er freudig annimmt. Julia beschließt erst mal raus zu gehen, um zu entspannen. Es ist sommerlich warm. Sie setzt sich auf eine Mauer, packt ihr Handy aus und schaut ihre Nachrichten an, ... nichts Wichtiges! An der Mauer krabbelt eine kleine Spinne, die ihr Netz spinnt. In Gedanken versunken schaut sie zu, wie das kleine Tier unermüdlich die Fäden hin und her webt. Plötzlich wird sie von einem Jungen angesprochen. „Hi", grüßt er freundlich. Julia schaut überrascht auf, hatte ihn nicht kommen hören. „Hi, ich bin Paul", stellt er sich vor. Sie nickt und schweigt. Er schwingt sich auf die Mauer, setzt sich ungefragt neben sie und folgt ihrem Blick zu dem Insekt. Schweigend schaut auch er dem Treiben des kleinen Tierchens zu. ›Ziemlich frech der Typ, sich einfach neben mich zu setzen‹, denkt Julia. „Magst du?", fragt er unvermittelt und hält ihr eine Tüte duftender Croissants unter die Nase. „Ganz frisch, echt lecker", versichert er und beißt herzhaft in das Gebäck. „Danke, netter Versuch, aber ich hab gerade keinen Hunger", lehnt sie sein Angebot ab. ›Kleine Zicke‹, denkt Paul und beginnt das Gespräch erneut. „Ich hab dich hier noch nie gesehen?" Eigentlich wollte sie Ruhe haben, möchte aber nicht gänzlich unhöflich sein und antwortet knapp: „Bin zu Besuch." Sie zeigt mit dem Kopf in Richtung des Hofes. „Auf dem Weingut?"

Julia nickt. „Und du?", fragt sie leicht genervt, „bist wohl von hier?" „Ähh..., ja, wir sind letztes Jahr von Berlin hierher gezogen." „Wow, krass, von Berlin nach Wachenheim!", nickt sie übertrieben, „fällt dir hier nicht die Decke auf den Kopf? Hier ist doch irgendwie... gar nichts los, oder?" „Meinst du?", lächelt er, „also, die Decke fällt mir jedenfalls nicht auf den Kopf. Ehrlich gesagt bin ich nicht so der Stadtmensch, ist nicht mein Ding. Ich fand's cool hierher zu kommen, als mein Dad sich für die IGS hier entschieden hatte." „IGS??" „Drüben in Deidesheim", erklärt Paul. ›Oh je, ein Streber und Angeber..., auch das noch!‹, denkt sie und antwortet stattdessen: „Dann bist du ja bestens versorgt, in schulischer Hinsicht, meine ich." ›Boah..., Alter..., ist die überheblich!‹, steigert Paul sein Bild von ihr. Er hatte sie netter eingeschätzt. Rein optisch gesehen scheint sie ihm sympathisch. Aber er hat echt keinen Bock auf das Gezicke und springt von der Mauer „Geht so...", antwortet er trotzdem. „Für das, was ich mir vorstelle, reicht es sicher." „Ach so, und das weißt du jetzt schon??", lacht Julia. „Was schwebt dir denn so vor?", fragt sie belustigt. So genau weiß sie immer noch nicht, was sie von einem Typen halten soll, der so viel quasselt. „Ökologische Landwirtschaft, Weinanbau zum Beispiel, ...Bauer halt!", antwortet er salopp und fügt hinzu: „Nicht nur, weil man Geld nicht essen kann. Das war schon immer mein Ding. Bio, Nachhaltigkeit und auf dem Land lebe ich, wie gesagt, auch gerne." „Echt selten, aber cool", bemerkt Julia und meint es ehrlich. Paul lehnt mit dem Rücken an der Mauer und malt mit einem Stock Kringel in den sandigen Boden. Sie guckt vorsichtig zu ihm rüber und stellt fest, dass er wohl etwas älter ist als sie. Außerdem bemerkt sie seine unglaublich blauen Augen und die rotbraune Lockenmähne, die er im Nacken zusammengebunden hat. ›Ganz passabel, rein äußerlich betrachtet, nicht unsympathisch‹, findet sie. „Und du, wo kommst du her, ich meine, wo lebst du?", unterbricht er ihre Gedanken. „Aus Feldkirchen, bei Straubing." „Und was geht da ab? Ist da mehr los als hier in Wachenheim?", grinst er herausfordernd. ›Der hält echt keine Ruhe‹, denkt sie, und antwortet: „Nee, nicht wirklich, da ist auch der Hund begraben. Es gibt 'ne Tanzgruppe, eine Musikschule und einen Pferdehof, auf dem ich mich ab und zu nützlich mache. Dafür darf ich reiten. ›Aha, sie kann also doch in ganzen Sätzen reden,...‹ denkt Paul erfreut. „Hört sich tatsächlich nicht nach viel Action an", bemerkt er stattdessen. „Na ja, passt schon", lenkt Julia ein. „Du tanzt??", hakt er nach. „Ja, in einer Hip Hop Gruppe." „Geil, ... machst du selbst Musik?" „Gitarre", antwortet sie einsilbig. „Cool..., ich spiele auch, - Gitarre meine ich, Wenn du Bock hast und nichts besseres vor, wir haben morgen Probe, meine Band und ich, komm einfach vorbei, ich lade dich ein!" „Echt??", fragt sie überrascht. „Dann bist du wohl der Rockstar von Wachenheim, oder?", neckt sie. „Erraten!", lacht er herzlich, „immerhin spielen wir als 'Top Act' auf dem Lichterfest am Wochenende, den Job kriegt nicht jeder!", erklärt Paul nicht ohne Stolz. „Nicht schlecht", frotzelt Julia weiter, „und da ich gerade nichts besseres vor habe..., ja, warum nicht? „Super!", freut sich Paul, „wir sind fünf Leute, leider ist unsere Frontfrau für das Konzert am Samstag ausgefallen..., du bleibst doch länger, oder?" „Ja, bis Sonntag. Und was spielt ihr so?" Sie ist aus dem Konzept geraten, wollte den Typen eigentlich abblitzen lassen, und jetzt macht der einen auf super freundlich, das verwirrt sie. „Alles quer Beet, Rock, Pop. Für Samstag spielen wir Justin Bieber, Rihanna, Mark Forster, Pink and Reuss...," „Boah..., echt? Hätte ich nicht erwartet, gar nicht schlecht für die Provinz!", gesteht Julia. Paul grinst genießerisch. „Was machst du sonst so, außer Musik, meine ich?", fragt sie, nur um etwas Unverfängliches zu sagen. Julias Interesse ist geweckt. „Ein bisschen skaten." „Gibt es hier einen Skate Park?" „Ja, in Haßloch, aber ich mach es nur so just for fun. Bin ehrlich gesagt nicht besonders sportlich unterwegs. Am meisten interessiere ich mich für Geschichte. Klingt vielleicht langweilig, ist es aber nicht. In den Städten, wo ich bisher gelebt habe, hab ich jede Gelegenheit genutzt, um in Archiven zu jobben. Fegen,

Aufräumen, Sortieren, ganz egal. Hauptsache, ich hatte die Möglichkeit in den Geschichtsarchiven zu stöbern. Ist mega spannend, weißt du?" Pauls Augen leuchten vor Begeisterung. „Aahaaa..., äh, nee, offengestanden nicht", gesteht sie, „hört sich für mich eher staubtrocken an, hätte ich gar nicht von dir erwartet. Bist du denn oft umgezogen?" „Relativ oft, ja, Heidelberg, Münster, Siegen und Berlin, meine Mutter hat da als wissenschaftliche Mitarbeiterin an den Unis gearbeitet. Aber ich denke, das war's mit dem Umziehen..., wir haben uns ganz gut eingelebt." „Mhm..., aber hier in Wachenheim gibt es doch keine Uni für deine Mama, oder?" „Sie ist vor zwei Jahren gestorben." ›Oh nein, ich Trampel‹, schießt es ihr durch den Kopf. „Sorry, das tut mir leid!" Sie ist geschockt, möchte am liebsten im Boden versinken. Irgendwie will sie ihn trösten und legt ihre Hand kurz auf seinen Arm. Er quittiert die Berührung mit einem warmen „Danke." ›So ganz ohne Gefühl ist sie wohl doch nicht‹. Eine Zeitlang schweigen sie in Gedanken versunken. ›Jetzt bloß keine weiteren Peinlichkeiten‹, nimmt Julia sich vor. „Hey, hast du Lust was über die Geschichte Wachenheims zu erfahren? Ich meine, nur dass du verstehst, wie spannend das ist?", fragt er so unvermittelt, dass sie irritiert aufblickt. „Nicht unbedingt", antwortet Julia ehrlich, „ich sollte jetzt mal wieder heim zu den Großeltern gehen." „Schade! Ach übrigens,... zu dem 'Lichterfest' auf der Burg gibt es auch 'ne Geschichte", erzählt Paul unbeirrt und bekommt zumindest eine halbwegs interessierte Antwort. „Ach ja?, und was sagt die?" Paul grinst bis über beide Ohren, bevor er erzählt: „Die sagt, dass das Fest zum Gedenken an der verstorbenen Sohn des Grafen von Weißensee stattfindet. Er hat ihn nicht einmal sehen können, weil er unterwegs war. Aus dem Grund hat er bestimmt, den Geburtstag jedes Jahr mit einem Lichterfest zu feiern. Damit soll die Seele des Kindes Frieden finden. Und das gilt bis heute so!" ›Jetzt spinnt er wohl komplett!‹, denkt Julia „Das ist nicht wahr, oder? Wir leben im Jahr 2018, und du meinst tatsächlich, du kannst mich mit so was beeindrucken?" Sie schüttelt amüsiert den Kopf. ›Die denkt tatsächlich, ich spinne. Hoffentlich haut sie nicht gleich ab. Wäre schade, muss ich irgendwie verhindern‹, schießt es ihm durch den Kopf. Er dreht sich um und geht einige Schritte weiter. „Komm mit, wirst sehen, das flasht", ruft er ihr im weggehen zu, „ist nicht weit." Julia starrt ihm mit offenem Mund hinterher. ›Oh je, das fängt ja gut an‹, denkt sie, ›und ich fing gerade an, ihn interessant zu finden, zumindest irgendwie anders, als die Jungs, die ich sonst so kenne.‹ Sie springt von der Mauer und läuft hinter ihm her. „Warte!", ruft sie, doch Paul geht unbeirrt weiter. Als Julia ihn eingeholt hat, geht sie schweigend neben ihm her und denkt darüber nach, was er erzählt hat. „Du glaubst kein Wort," sagt er, als ob er ihre Gedanken lesen könnte. „Das glaubst du doch selber nicht!", kontert sie. Ich werde sechzehn und interessiere mich mehr für Physik als für abgefahrenem mittelalterliche Geistergeschichten, dass passt nicht wirklich zusammen!" Erst jetzt wird ihr bewusst, dass sie sich bislang noch nicht mit Namen vorgestellt hatte. „Ich bin übrigens Julia, darf ich?" Sie greift jetzt doch in die Croissant Tüte. „Mein Lieblingsfach neben Musik und Geschichte ist Biologie", antwortet Paul, ohne auf ihren Einwand einzugehen. Sie nehmen den Weg in Richtung Römerweg, am Hallenbad vorbei, und queren die Friedelsheimer Straße. Ein paar Minuten später stehen sie an einem eisernen Tor. Er öffnet es, und Julia erkennt, dass sie sich auf einem Friedhof befinden. „Was kommt jetzt? Muss ich mir Sorgen machen? Wird das ein Gruselmärchen?", fragt sie leicht gereizt. „Sei nicht albern, aber wenn du wissen willst, was es mit dem Lichterfest auf sich hat, müssen wir hier anfangen!", erklärt er bestimmt. „Schöner Name übrigens, Julia … ", fügt er grinsend hinzu. Er spricht ihn langsam und fast zärtlich aus, was sie schmunzelnd zur Kenntnis nimmt. Es ist ein kleiner, liebevoll gepflegter Friedhof, stellt sie fest. Die Wege sind mit Kieselsteinen ausgelegt, wodurch es unter den Füßen knirscht. Paul geht quer über den Friedhof, bis er vor einer Art Steinhaus stehen bleibt. „Das ist die zweitälteste noch erhaltene Grabstätte hier im Ort. Es ist die Gruft der Grafen von Weißensee." Julia staunt. Auf dem Türbogen am Eingang der Gruft steht gut lesbar die Zahl 1709. Gleich darunter ist etwas in lateinischer Schrift in den Stein gemeißelt. In dem First aus Marmor sind zwei Gesichter eingearbeitet, ein männliches und ein weibliches. Darum ein Kreis aus 12 kleinen Putten. „Die beiden stellen Graf Hunold von Weißensee und seine zweite Ehefrau Elena dar, er lernte sie auf einer Pilgerreise in Rom kennen und lieben. Seine erste Frau Sophia, mit der er noch verheiratet war, bekam in dieser Zeit einen Sohn. Sie nannte ihn Ferdinand. Er starb bei der Geburt und auch die Gräfin starb kurz darauf an den Folgen der schweren Niederkunft. Die Chronik sagt, dass sie das Kind nicht in der Burg, sondern in der Hütte der Amme zur Welt brachte. Zum Andenken an

den verstorbenen Sohn, den sie Ferdinand nann-
ten, bestimmte der Graf dessen Geburtstag zum
Gedenktag, der bis heute mit dem Lichterfest auf
der Burg gefeiert wird." „Okay, das erklärt das
Lichterfest und klingt realistischer, als die geis-
ternde Seelen - Version, die hörte sich ehrlich gesagt ein bisschen gaga an!" „Eben, das ist der
Unterschied zwischen mystischer und realer Geschichte", lacht Paul und erzählt weiter „Nach der
Trauerzeit hat Graf Hunold die Italienerin Elena
di Estante geheiratet, sie war die Tochter eines
sehr wohlhabenden italienischen Tuchhändlers.
Leider blieb die Ehe kinderlos. So hatte er keine
Nachfahren." Julia hat interessiert zugehört.
„Okay, bis dahin alles klar, aber was macht der
kleine Quengelgeist denn heute"?, fragt sie spöt-
tisch, „das darfst du mir jetzt bitte nicht vorenthalten." „Naja, ich würde sagen, der „begeistert"

die Leute hier immer noch", antwortet er lächelnd. „Aber ich zeige dir noch etwas, komm mit!" Er fasst sie bei der Hand und zieht sie hinter sich her. „Da, siehst du, da ist es!" „Was ist wo??", fragt Julia irritiert. „Das zweite Grab!" Sie stehen vor einem weiteren Grab aus dem Jahr 1702. Unscheinbar schlicht im Gegensatz zu Hunolds Grabstätte, doch gleichzeitig verwunschen und schön. Ein einfaches steinernes Kreuz und ein gemeißelter Blütenkranz, in dessen Mitte der Name Sophia steht. Darunter ein weiterer Name, der nur schwer zu entziffern ist: Ferdinand! „Ist das das Grab der ersten Gräfin?", flüstert Julia. „Genau! Und das von Ferdinand, der bei ihr liegt." Als einziger Schmuck steht ein Rosenbaum auf dem Grab, an dem viele Knospen scheinbar darauf warten bald zu erblühen. Julia ist irgendwie gerührt und, was selten vorkommt, sprachlos.

„Also, die Blüten sehen tatsächlich aus wie kleine Flammen", erklärt Paul, „eben wie Lichter, wenn sie aufgehen. Und du kannst sicher sein, dass am Samstag die ersten Rosen blühen, pünktlich zum Lichterfest! Krass, oder?? Man sagt übrigens auch, dass niemand es ungestraft wagt, davon zu pflücken!" Julia verkneift sich eine saloppe Bemerkung, weil es tatsächlich interessanter ist, als sie es eingestehen will. Als Paul einen kurzen Moment seine Hand auf ihre Schulter legt, spürt sie einen angenehmen Schauer. Langsam gehen sie zurück zum Ausgang. „Ich finde es spannend, den Geschichten aus der Vergangenheit auf den Grund zu gehen", stellt er klar. Julia zuckt die Schulter und bleibt ihm die Antwort schuldig, … damit er sich bloß nichts einbildet! „Hab ich dein Interesse geweckt, ich meine, kommst du zum Lichterfest auf die Burg? Ich denke, deine Großeltern sind auch dabei!" „Okay", antwortet Julia, „das hört sich wenigstens nach Echtzeit an!" „Stimmt, da geht was ab, die Leute bringen sich Picknick mit. Ein starkes Event..., für uns Wachenheimer zumindest", fügt er leicht ironisch hinzu. „Und ich würde mich auch sehr freuen, wenn du kommst!" Ohne ihre Antwort abzuwarten, fügt er hinzu: „Ach ja, da ist noch was: Du solltest was richtig Altes mitbringen. Das älteste Teil wird sogar prämiert, mit ein bisschen Glück gewinnst du eine Ballonfahrt", grinst er breit. „Aber lass dir das besser von deinen Grannys erklären." „Ohlala, ...j etzt kommt auch noch die Glücksfee zum Einsatz, wird ja immer aufregender, euer Wachenheim", spöttelt Julia. Paul schmunzelt vergnügt. „Guck mal auf dem Speicher, mit Sicherheit findest du da ein altes „Schätzchen." „Mal sehn, hab eh gerade nichts

besseres vor", grienst Julia. „Schön, na dann...,
bis übermorgen!", verabschiedet sich Paul. Nach
ein paar Schritten dreht er sich noch einmal um.
„Ach so, morgen Abend um sechs ist Bandprobe
drüben in der alten Scheune, ich bringe 'ne Gitarre für dich mit!" Er lächelt, winkt und sieht es
wohl als selbstverständlich an, dass sie kommen
wird, und Julia fühlt sich gerade irgendwie auf
Wolke sieben.

Als sie bei den Großeltern ankommt, fragt sie
gleich, ob sie sich den Speicher ansehen darf.
Opa Justus gibt ihr eine Taschenlampe, weil es
dort oben kein elektrisches Licht gibt. Sie steigt
die schmale Stiege hoch und öffnet die knarrende
Speichertüre. Ein abgestandener leicht modriger
Geruch steigt ihr in die Nase. Sie knipst die Taschenlampe an und lässt den Lichtkegel durch
den Raum wandern. Eine gespenstisch stille At-

mosphäre umgibt sie. Schon als kleines Mädchen empfand sie den Ort irgendwie ein bisschen spooky. ›Bin schon ewig nicht hier oben gewesen‹, denkt sie, als sie sich umschaut. Die Gegenstände tauchen in ein bizarres Licht und werfen sonderbare Schatten ans Gebälk des Daches. Altes und weniger Altes liegt und steht nebeneinander. Sie muss aufpassen, wo sie hintritt. Ein großes Puppenhaus fällt ihr auf. Da hat sie selber noch mit gespielt. Die kleinen Möbelteile liegen in einem Schuhkarton daneben. Wie schön, Oma hat wirklich alles aufgehoben. Aber das ist es nicht, was sie sucht. Sie ist überzeugt, dass es noch mehr zu entdecken gibt. Spinnweben hängen kreuz und quer vom Gebälk herab und streifen ihr durchs Gesicht. Sie stolpert über alte Skier, steigt über Kisten und Koffer und entdeckt eine Truhe. Der rostige Schlüssel steckt noch.

Erstaunlicherweise dreht er sich leichter als erwartet, das Schloss öffnet sich. Vorsichtig hebt sie den schweren Deckel an. Obenauf liegen zusammengebundene Stoffe und einige Wollknäuel. Als sie weiter kramt, kommen sorgfältig gebündelte Briefe und Karten zum Vorschein. Julia nimmt ein Bündel in die Hand. Die Schriftstücke sind in der Sütterlin-Schrift verfasst, sie kann sie nicht lesen. Das Datum des Poststempels zeigt das Jahr 1939. ›Schon ziemlich alt, aber nicht alt genug‹, findet sie. Sie schließt die Truhe und sucht weiter. Der Schornstein verhindert den Blick in die letzte verborgene Ecke. Sie tastet sich vor, muss sich bücken um Einblick zu erhalten. Dabei strauchelt sie und stößt sich mit dem Finger an einem spitzen Gegenstand. „Autsch", ruft sie vor Schreck und weil es weh tut. Dabei bemerkt sie etwas Feuchtes an ihrem Finger. Als sie ihre

Hand anleuchtet, sieht sie, dass sie blutet. Ihr wird etwas schummerig. ›Das ist sicher die schlechte Luft und die Hitze, die sich unter dem alten Dach gestaut hat‹, versucht sie sich den Schwindel zu erklären. Sie will sich auf den Boden setzen, als das Licht der Taschenlampe ein seltsames Teil einfängt. Sie hält die Lampe etwas weiter weg, um den Gegenstand erkennen zu können. Ein altes Spinnrad, seltsam zugesponnen, fast wie eingepackt, oder wie absichtlich versteckt. Ihr Herz klopft ein paar Takte schneller. „Das ist sicher so ein altes Schätzchen", murmelt sie und setzt sich davor, um es in Ruhe anzuschauen. Langsam fährt sie mit dem Finger über eine Stelle des Rades, bis ein Stück des alten Holzes sichtbar wird. Dabei fühlt sie etwas Unregelmäßiges und führt das Licht der Taschenlampe näher zu der Stelle. Da ist ein Schriftzug, sie muss ihre Augen mehrmals angestrengt darauf lenken, bis sie etwas erkennen kann. Noch einmal wischt sie mit dem Ärmel über die Stelle um die Staubschicht zu entfernen. Dann liest sie die Buchstaben und erschauert! „Das ist nicht möglich!!", flüstert sie, traut ihren Augen nicht und schaut wieder und wieder auf den Schriftzug, um sich zu vergewissern dass sie nicht träumt. Es ist ein Name: Sophia von Weißensee!

Sie erschrickt, als sie von ihrer Mutter gerufen wird, und atmet ein paarmal tief durch. Ihr Herz klopft bis zum Hals. „Julia?? Was machst du so lange auf dem Speicher? Kommst du runter zum Abendbrot?" Benommen schüttelt sie den Kopf. ›Oh Gott, wie lange habe ich hier gesessen?‹ Sie hat kein Zeitgefühl, fühlt sich wie betäubt. Langsam sortiert sie ihre Gedanken und realisiert, was für eine grandiose Entdeckung sie gerade gemacht hat. „Ich habe das Spinnrad der Gräfin gefunden, wie ist das möglich?", spricht sie halblaut vor sich hin. Immer wieder schüttelt sie den Kopf, kann es nicht glauben. Ihre Gedanken überschlagen sich. Sie denkt an Paul und das was er erzählt hat. „Ja, Mama, ich komme gleich", antwortet sie abwesend. Auf keinen Fall werde ich heute Abend davon erzählen, nimmt sie sich vor. ›Zuerst muss ich mit Paul sprechen, es geht doch irgendwie um seine Geschichte. Oder um unsere??‹ Mit wackligen Beinen klettert sie die Stiege hinab. Am Abendbrottisch bekommt sie keinen Bissen runter. Sie scheint nicht anwesend zu sein. „Julia?, ... Julia!" Erst beim zweiten Mal reagiert sie. „Möchtest du denn gar nichts essen?", erkundigt sich Oma Hilde besorgt. „Danke nein, Oma", antwortet sie. „Was wolltest du eigentlich auf dem Speicher?", will Mama wissen. „Erinnerungen auffrischen!", redet sie sich raus. „Oma", fragt sie plötzlich, „wie alt ist dieses Haus eigentlich?" Opa Justus räuspert sich und meldet sich zu Wort. „Lass mal Hilde, da kenne ich mich mittlerweile bestens aus." „Also, dieses Haus wurde im Jahre 1696 von Johannes Müller und seiner Frau Margarethe erbaut. Steht ja auch zusammen mit dem Segensspruch über der Haustüre im Türbalken!" Julia fällt auf, dass sie noch nie auf den Inhalt der Schrift geachtet hat. „Es ist also 322 Jahre alt", fährt Opa Justus fort. „Unsere Vorfahren bewohnen es seit etwa elf Generationen. Ich bin das jüngste Glied in der Kette", lacht Opa und alle freuen sich mit. Nur Julia wird mehr und mehr von einer fast unerträglichen Spannung ergriffen. „Es war ", rechnete Opa an den Fingern weiter, euer Ururururururururururur-urgroßvater." Tom ist ziemlich beeindruckt. „Johannes bearbeitete die Felder seines Lehnsherren, des Grafen Hunold von Weißensee. Das erste Kind von Margarete und Johannes, ein Mädchen, verstarb, kaum dass es ein halbes Jahr alt war. Damals war die Kindersterblichkeit enorm hoch. Aus diesem Grunde hat Gräfin Sophia, die zu der Zeit selbst ein Kind erwartete, sie als Amme bestellt." „Es war normal, dass eine Frau, die noch stillfähige Brüste hatte, diese Milch an andere Kinder weitergab. So half man sich in der Not, und bei den sogenannten „Feinen Leuten" war es durchaus üblich, eine Amme zu haben", wirft Oma ihren Beitrag an Information ein. „Ja, Ja, so war das wohl", bestätigt Opa Justus „Aber Margarethe stand schon vorher im Dienst der Gräfin. In den Archiven hat man Dokumente gefunden, die das belegen. Margarete soll eine berühmte Kräuterkundige gewesen sein. Da war es selbstverständlich, auch bei der Geburt des gräflichen Nachwuchses zu helfen. Leider konnte sie das Kind auch mit ihrem Wissen als Heilerin nicht retten, der Junge ist gestorben und seine Mutter ebenso! Das konnte damals auch übel enden, wenn der Graf ihr nicht gut gesonnen war, hätte er Margarethe sogar der Hexerei bezichtigen können, viele Kräuterfrauen sind auf dem Scheiterhaufen verbrannt." „Woher weißt du das alles, Papa?", fragt Andreas beeindruckt, „und seit wann interessierst du dich für die alten Geschichten?", wendet er sich an seine Tochter. Doch Julia entschuldigt sich statt einer Antwort mit Kopfweh. Sie hat genug erfahren. Tatsächlich fühlt sie sich völlig fertig, in ihrem Kopf steht alles unter Dampf. Sie will nur noch eins: Allein sein! „Fühlst du dich nicht gut, Julia?", fragt Oma besorgt. „Schon okay Oma, bin nur müde", antwortet sie. Keine weiteren Fragen jetzt, denkt sie, und wünscht allen eine gute Nacht. „Die hat wohl zu viel Sonne abbekommen", lästert Tom hinter ihr her. „Halt einfach die Klappe", schießt Julia genervt zurück. „Was ist denn nur in sie gefahren?", fragt Oma betroffen. „Pubertäre Ausnahmeerscheinungen", erklärt Andreas das Verhalten seiner Tochter. „Wie viele Kinder hatten die beiden denn?", will Thea wissen. „Nach dem Mädchen gab es nur noch einen Jungen. Ich habe gemeinsam mit einem Historiker einen Stammbaum erstellt. Den kannst du gerne mal einsehen, wenn du Interesse hast", beantwortet Justus die Frage, woher er das alles weiß.

Julia setzt sich aufs Bett, nimmt ihr iPhone und berichtet ihrer Freundin Hannah in Kurzform:

Habe Paul kennengelernt. Cooler Typ!!

Und uraltes Spinnrad gefunden.

Melde mich... Liebe Grüße

Dann schaltet sie das Handy aus. Sie hat keinen Nerv für lange Erklärungen, das muss für heute reichen. Ruhig schlafen kann Julia in dieser Nacht nicht viel! Sie träumt wirres Zeug, liegt in einem Garten voller rot geflammter Rosen. Sie sieht sich gefangen, in einem gläsernen Sarg. Paul klopft an den Deckel, er ruft sie. Der Deckel lässt sich nicht öffnen. Irgendwann wacht sie schweißgebadet auf, ihr Herz klopft bis zum Hals.

Zweiter Tag

Am Morgen fühlt sie sich wie gerädert. Langsam erinnert Julia das Erlebte vom Vortag. Sie steht auf, duscht ausgiebig, will die Müdigkeit und die Träume wegwaschen. Dann schlüpft sie in ihre Lieblings Jeans, zieht die Turnschuhe an und sucht ein passendes Shirt aus dem Koffer. Die braune Lockenmähne bindet sie locker zu einem Pferdeschwanz. Schnell noch ein Glas Milch. Sie schreibt sie einen Zettel: Bin im Ort spazieren. Zeit für Frühstück und Gespräche hat sie jetzt nicht. Sie muss sofort mit Paul sprechen, und weiß nicht einmal, wo er wohnt. Aber der Ort ist nicht besonders groß, so schwer kann es nicht sein, ihn zu finden. Keine zwei Minuten später steht Paul ihr tatsächlich gegenüber. Er kommt, genau wie am Tag zuvor, gerade vom Bäcker. Aufgeregt erzählt sie ihm, was sie auf dem Speicher gefunden und was Opa ihr dazu an Informationen gegeben hat. Ganz selbstverständlich greift sie diesmal in die Tüte mit Croissants, die er gerade eingekauft hat. Paul schüttelt immer wieder den Kopf: „Ich fasse es nicht", lacht er, „da kommt so ein Mädchen, das sich ja eigentlich nur für Physik interessiert und gräbt hier die Vergangenheit aus", neckt er. „Tja, du hast mir sozusagen die Schaufel zum Graben gegeben", antwortet Julia nachdenklich, „und ehrlich, jetzt sehe ich den ganzen Hype um dieses Lichterfest mit anderen Augen. Mann, stell dir das mal vor, ich habe mich an der Spindel verletzt, mit der Gräfin Sophia gesponnen hat. Ich hab das Gefühl, ich spinne, aber vor Glück! Das ist sooo absolut ober cool, fast wie ein Märchen!" Paul lächelt verschmitzt „Wie Dornröschen? Und ich bin der Prinz, der dich rettet?" „Bleib bloß auf dem Teppich, du..., du Aladdin!", frotzelt Julia. „Aber ich könnte dich doch mitnehmen..., auf meinem Teppich, meine ich!", flirtet Paul weiter. „Krasses Angebot, klingt verlockend! Hast du überhaupt einen Flugschein, und wenn ja, wohin geht die Reise?" „In die Vergangenheit, ist doch klar, oder? Aber du bist schon ein cooles Mädchen, Julia, hat dir das schon mal jemand gesagt?" „Danke, jetzt weiß ich's ja. Aber Schluss jetzt, zieh mal die Bremse, Aladdin, wir haben noch viel vor! Wir müssen unbedingt zu meinen Großeltern auf den Speicher. Ich möchte dir das Spinnrad zeigen, vielleicht können wir noch mehr erfahren." „Es scheint, du bist auch vom Geschichts-Virus infiziert, oder? Klar komme ich mit!" ›Nichts lieber als das‹, denkt er. „Wir brauchen einen Pinsel", überlegt Julia laut. „Wofür? Willst Du das Teil etwa anmalen?", fragt Paul verwundert. Belustigt schüttelt Julia den Kopf, „Spinner!"

Die Familie sitzt beim Frühstück im Garten. Julia möchte ungestört sein, wenn sie mit Paul auf den Speicher geht. Sie holt die Taschenlampe aus einer Schublade im Küchenschrank und Omas Backpinsel. Als sie die Stiege zum Speicher hochsteigen, spürt sie wieder diese unerklärliche Spannung in sich. Sie knipst die Taschenlampe an und leuchtet in die Richtung, wo sie das Spinnrad entdeckt hat. Vorsichtig bahnen sie sich den Weg, bis sie an der Stelle ankommen, wo es steht. „Da..!", sagt Julia leise, als wollte sie es nicht aus dem Dornröschenschlaf wecken. „Echt krass, ganz schön eingesponnen", flüsterte Paul beeindruckt. Julia hockt sich davor und beginnt mit dem Pinsel vorsichtig die Spinnweben und den Staub zu entfernen. Mehr und mehr kommt das wunderschöne gedrechselte Holz zum Vorschein. Julia zeigt voller Stolz auf die Stelle, wo der Name Sophia von Weißensee klar zu erkennen ist. Andächtig fährt Paul mit der Hand darüber. „Unglaublich", flüstert er und Julia nickt zustimmend. „Schau Dir mal die Spindel an", sagt sie und zeigt mit dem Finger darauf, „es sieht fast so aus, als ob noch Wolle auf der Spule ist." „Vielleicht können wir sie abnehmen und genauer betrachten?", schlägt Paul vor „Ich weiß nicht...", gibt Julia zu Bedenken, „ich hab so ein komisches Gefühl." „Aber jetzt können wir nicht mehr zurück, wir sind schon zu weit gegangen!", kommt es Paul über die Lippen, ohne dass er es zuvor gedacht hat. Er ist selbst erschrocken über seine Worte und auch Julia sieht ihn erstaunt an. Fast wie abgesprochen führen sie beide gleichzeitig ihre Hände zu der Spindel und drehen die Spule vorsichtig ab. Im Licht der Taschenlampe erkennen sie tatsächlich noch eine filzige Schicht Wolle. Paul dreht sie in seiner Hand. „Da ist ein roter Fleck, sieht fast wie ein Pfeil aus." „Ich habe mich gestern an der Spindel gestochen, das könnte mein Blut sein", vermutet Julia. Aber irgend etwas sagt ihr, genauer hin zu schauen. Sie nimmt die Spule in die Hände, dreht und wendet sie. Fest und warm fühlt sie sich an. Plötzlich erkennt sie am unteren Ende der Spule etwas, das in den Wollfilz eingerollt scheint. Ihr wird flau vor Aufregung „Schau hier", flüstert sie heiser, „da ist was drunter." Sie reicht Paul die Spule, die ihr gefühlt wie Feuer in den Händen brennt.

Julia fährt sich mit der Hand über die Stirn. Sie ist verschwitzt und ihre Hände sind eiskalt. „Das wird immer mysteriöser, wir müssten die Spule abwickeln, ganz vorsichtig natürlich, damit wir nichts zerstören... !" „Ja, vielleicht mit Wasserdampf?", schlägt Paul vor. „Nein! Lass uns erst mal runter zu meinem Opa gehen, wir brauchen seine Hilfe!", entscheidet Julia. Paul wickelt die Spule in ein Papiertaschentuch, und Julia leuchtet ihnen den Weg zurück zur Stiege. Julias Großvater ist mittlerweile in der Werkstatt, wo er mit Tom bastelt. Sie stellt ihm Paul vor, dann erzählen sie abwechselnd die Geschichte vom Spinnrad und der Spule.

Opa Justus hört aufmerksam zu „Ach ja..., das Teil hab ich total vergessen", überlegt er. „Bin auch ewig nicht mehr auf dem Dachboden gewesen. Aber es stimmt, das Teil stand schon immer da, seit ich denken kann. Wollte eigentlich mal aufräumen und ausmisten, hat bis heute leider nicht geklappt." „Gott sei Dank", erwidert Julia erleichtert", und Paul fügt hinzu: „Dann wäre sicher etwas sehr Wertvolles für die Geschichte des Ortes verloren gegangen." „Hört sich an, dass es nicht das Falscheste ist die Dinge zu lassen, wo sie immer waren, obwohl Oma das sicher ganz anders sieht", zwinkert Opa Justus den beiden zu. „Aber vielleicht können wir mehr darüber erfahren! Kommt mal mit, ich habe da so eine Idee", sagt er. „Das könnte ein Fall für einen Spezialisten sein." Er ist voll in seinem Element und bittet Tom, ausnahmsweise seinen Papa zur Unterstützung in die Werkstatt zu holen, weil er dringend etwas erledigen muss. Sie folgen Justus, der mit erstaunlich flottem Schritt vorangeht durch den halben Ort bis zur Kirche. Dort geht er zum Seiteneingang, öffnet die Türe und führt sie quer durchs Kirchenschiff bis zur Sakristei. Er klopft ein paar Mal an eine dicke Eichentüre, bis eine

Stimme sie bittet einzutreten. Der Raum wirkt dunkel und geheimnisvoll. An den Wänden stehen hohe Regale, gefüllt mit dicken Büchern. Auch auf dem Tisch stapeln sich Bücher, und einige Schriftrollen liegen ausgebreitet unter einer Leselampe. Es sieht nach viel Arbeit aus. Eine alte Landkarte hängt an einem Kartenständer. Sie zeigt eine Burganlage und eine Ortschaft, vielleicht ihr Ort und ihre Burg? Ein Kreuz hängt über der Türe. Der Mann, den sie hier antreffen, ist ungefähr so alt wie Julias Opa. Er trägt eine witzige runde Brille, und seine grauen Haare stehen etwas wirr vom Kopf. Es verleiht ihm das Aussehen eines zerstreuten Professors. „Darf ich vorstellen", sagt Großvater, „das ist Professor Rainer Klemm. Wir kennen uns noch aus der Schulzeit. Er ist Historiker und zurzeit hier im Archiv damit beschäftigt die Geschichte des Ortes aufzuarbeiten, vielleicht kann er was mit dem Ding da anfangen." Pauls Augen leuchten vor Begeisterung. „Was führt euch zu mir?", fragt der Professor freundlich und bietet ihnen Platz auf einer Bank an. Nachdem sie sich ebenfalls vorgestellt haben, legt Julia die eingewickelte Spule auf den Schreibtisch. Sie erzählt von dem Spinnrad, das auf Opas Speicher steht, und Paul erklärt die historische Bedeutung. Der Professor hört interessiert zu, nimmt die Spule und betrachtet sie eingehend unter einer großen, beleuchteten Lupe. Schweigend dreht er sie nach allen Seiten. „Interessant, das ist sehr interessant", murmelt er und räuspert sich vernehmlich. „Wenn du erlaubst, Justus", wendet er sich an Opa, „durchleuchten wir die Spule zunächst einmal". Er hat nichts einzuwenden. „Wir sollten uns allerdings beeilen", mahnt der Historiker: „Wir müssen nach Ludwigshafen, ins Labor der Hochschule. Es ist Samstag, und die schließt um dreizehn Uhr. Bis dahin muss alles geschafft sein." Der Professor bietet ihnen an mitzufahren, sein alter Benz parkt direkt vor der Kirche. Außerdem ist die Hochschule quasi sein Arbeitsplatz. Sie steigen ein, um mit quietschenden Reifen loszufahren. Justus zwinkert den beiden Teenies auf der Rückbank verschwörerisch zu. Er scheint sich mächtig wohl zu fühlen bei der Aktion. „Ich glaube, jetzt wird es spannend, Kinder", ruft er über die Schulter und grinst unternehmungslustig.

Das Labor ist recht übersichtlich. Einige blinkende Geräte, blubbernde Glasgefäße mit bunten Flüssigkeiten. Surren und Piepen, dazwischen ein paar Studenten, die eifrig kontrollieren und dokumentieren. Der Professor bittet seine Gäste, einen Kittel und ein Haarnetz überzuziehen, damit die Forschungsergebnisse nicht verunreinigt werden. Dann steuert er geradewegs auf eine kleine Kabine am Ende des Raumes zu, zieht sich selbst Gummihandschuhe über und platziert die Spule sorgfältig auf einer Platte in einer Art Mikrowelle, die mittels Ultraschall die Spule durchleuchtet. Er tippt einige Zahlen in einen Rechner und schaltet damit das Gerät ein. Es kommt Julia wie eine Ewigkeit vor und sie starrt gebannt in den Kasten. Paul scheint lockerer zu sein, er lauscht interessiert den Erklärungen, die der Professor zu dem Vorgang macht. Endlich ist es soweit. Sie setzen sich an einen Bildschirm und der Rechner schickt jede Menge Daten. Es werden Zeichnungen und Querschnitte abgebildet. Abermals tippt der Professor Befehle ein. Es erscheint eine Schrift auf dem Bildschirm, eine Art kryptisches Zahlenbild, das wohl nur er selber verstehen und lesen kann. Immer wieder schüttelt er ungläubig den Kopf, gibt neue Zahlen ein, wartet und wiederholt den Vorgang zur Sicherheit. Die Spannung ist fast unerträglich. Julia und Paul können kaum noch stillsitzen und auch bei Justus ist von Lockerheit nichts mehr zu spüren, er hat einen bedenklich roten Kopf. „Es ist kaum zu glauben, da befindet sich mit großer Wahrscheinlichkeit ein anderes Material in der Spule. Es scheint ein Stück Leder zu sein, was da mit eingerollt wurde. Die Frage ist", sinniert er laut, „zu welchem Zweck wurde das Material unter das Garn gewickelt. Es wäre interessant das herauszufinden." Justus schaut ein wenig irritiert, denn genau das ist die brennende Frage, die sie hoffen hier und heute klären zu können. „Aber was, verflixt noch mal, können wir tun, um das herauszufinden", fragt er ungeduldig und spricht damit auch Julia und Paul aus der Seele. „Wir versuchen, den Stoff zu lösen, also abzudampfen", antwortet der Professor entspannt und zeigt auf ein Gerät neben der Arbeitsplatte, das einem Kochtopf nicht unähnlich ist. „Nun dann, worauf warten wir?", provoziert Justus und schaut gespannt zum Spezialisten. „Tja, dann schau'n wir mal, ob es funktioniert, wir brauchen schon ein wenig Geduld, wenn das Ergebnis sauber sein soll", antwortet er, öffnet das Ultraschall, nimmt die Spule heraus und trägt sie zum Dampfgerät. Auch hier gibt er wieder Zahlen ein, dreht einen Schieber auf, legt die Spule hinein und verschließt den Riegel. „Es dauert eine gute halbe Stunde, bis wir wissen, ob sich das Garn von der Spule lösen lässt", erklärte er den Dreien. Die Zeit des Wartens scheint ihnen ewig, obwohl der Professor die

Vorgänge ausführlich und sehr anschaulich erläutert. Endlich ertönt ein Signal, das anzeigt, dass der Prozess abgeschlossen ist. Umständlich zieht er sich frische Gummihandschuhe an, nimmt die Spule aus dem Gerät und transportiert sie vorsichtig, als wäre es etwas Zerbrechliches, zu der Arbeitsplatte aus Edelstahl. „Es könnte passieren, dass sie auseinander fällt wie angekokeltes Papier", erklärt er sein umsichtiges Vorgehen. Julia hält instinktiv die Luft an. Er legt sich Pinzette, Schere, Lupe und ein Skalpell bereit und sucht mit Hilfe des Werkzeugs nach dem Ende des Fadens. Das Garn scheint weicher als zuvor, aber glücklicherweise auch noch fest genug, um nicht auseinander zu fallen. Wie in Zeitlupe hebt er einen Faden an. Er hat den Richtigen erwischt, die Stimmung wird immer angespannter. Es ist, als ob er den passenden Schlüssel für ein Schloss gefunden hat, hinter dessen Türe sich ein dunkles Geheimnis verbirgt. Die Zeit scheint still zu stehen und der Atem auszusetzen. Mehr und mehr löst sich der gesponnene Faden von der Spule ab. Dann ist es geschafft.

Professor Klemm atmet tief durch, fast so, als hätte er einen Sprengkörper entschärft. Die drei tun es ihm gleich. Die Lederschicht ist freigelegt! Mit Pinzette und Skalpell versucht er nun im Zeitlupentempo, auch das Lederstück aufzuwickeln. Er erklärt, dass das Leder nach so langer Zeit brüchig sein kann. Wider Erwarten löst sich das Leder leicht und komplett vom Holz der Spule. Julias Herz schlägt bis zum Hals und verursacht ihr ein Rauschen in den Ohren. Professor Klemm legt das Leder in eine Schale mit Flüssigkeit. Darin soll es weichwerden und gleichzeitig konservieren. Er stellt einen Wecker auf achtzehn

Minuten. „Wir können davon ausgehen, dass das Stück Leder mit Absicht unter dem Garn versteckt wurde. Vielleicht wissen wir gleich mehr." Das Labor hat sich mittlerweile geleert. Sie sind die einzigen Anwesenden. Der Wecker schrillt, Julia zuckt zusammen, obwohl sie darauf gewartet hat. Behutsam nimmt der Professor das Lederstück aus der Flüssigkeit und legt es auf einen Objektträger. Die Oberfläche des Leders hat sich irgendwie verändert. Die Farbe schimmert blaugrau und unregelmäßig. Julia fühlt, dass dieses Leder etwas ganz Besonderes ist. Sie hofft, dass sich damit ein Stück aus der Vergangenheit auftut, das irgendwie mit dem Schicksal der Gräfin zu tun hat. Der Professor stellt die Schale unter das Labor-Mikroskop und richtet die Linse ein. Umständlich setzt er sich auf den Hocker davor. Er schiebt seine Brille von der Nase hoch auf den

Kopf, beugt sich vor und schaut durch den Sucher. Immer wieder dreht er an irgendwelchen Rädchen, um die Schärfe besser einzustellen. Noch einmal schaut er lange, - viel zu lange für Julia durch die Linse des Mikroskops. Nach etwa zehn Minuten, die den dreien gefühlt wie eine halbe Stunde vorkommt, hebt er den Kopf, setzt die Brille zurück auf die Nase und sieht einen nach dem anderen an. „Wisst ihr, es ist unglaublich ,was ihr da gefunden habt!" „Ich möchte euch dazu gratulieren und will euch nicht länger auf die Folter spannen, schaut es euch selber an!" Als er von seinem Hocker aufsteht und fragt, wer zuerst durch das Mikroskop sehen will, stehen alle drei wie festgewachsen da, als ob sie nun keinen Mut mehr hätten, die Wahrheit zu ertragen. Schließlich bestimmt Opa, dass Julia zuerst dran ist, weil sie das Spinnrad entdeckt hat. Sie schaut zu Paul, und als auch er nickt, geht sie mit wacklige Knien zum Hocker, den der Professor fürsorglich in die passende Position dreht. Ihr Mund ist wie ausgetrocknet und sie fühlt sich seltsam schwach. Justus streicht seiner Enkelin aufmunternd über die Schulter und nickt ihr lächelnd zu. Sie setzt sich, beugt sich über das Mikroskop, schaut durch das Objektiv und sieht erst mal nichts! Enttäuscht schaut sie auf. Der Professor erkennt den Fehler. „Ach ja, Entschuldigung, ich muss die Linse erst auf deine Augen einstellen", lacht er. Abermals schaut sie durch das Mikroskop und stößt einen kleinen Schrei aus. Sie hebt den Kopf und schaut ganz aufgeregt in die Runde. „Da ist eine Schrift zu erkennen", ruft sie mit schriller Stimme. „Ja, was siehst du denn, Julia, sag doch mal was da steht", bettelt ihr Opa ungeduldig. Wieder beugt sie sich darüber, aber so sehr sie sich auch bemüht, sie kann kein Wort davon entziffern. „Ich weiß es nicht, ich kann es nicht lesen!" Nach einer Weile stößt Paul sie sanft von der Seite an. „Lass mich auch mal sehen", bettelt er. Aber auch er, ebenso wie Justus, sind völlig außerstand, diese faszinierende Schrift zu enträtseln. Hilflos schauen sie den Historiker an. „Was können wir jetzt tun, wie können wir herausfinden, was da geschrieben steht?", fragt Justus und hört sich irgendwie verzweifelt an. Der Professor reibt sich nachdenklich das Kinn und kratzt sich am Hinterkopf. Nach kurzem Überlegen schlägt er vor einen befreundeten Kollegen zu befragen, der sich mit der historischen Linguistik befasst. „Er ist eine echte Koryphäe auf dem Gebiet und er schuldet mir zudem noch einen Gefallen, den er hiermit einlösen könnte." Drei große Augenpaare starren ihn an, sie wollen wissen, wann und wo er den Kollegen fragen kann. „Er wohnt in Frankfurt." ›Oh nein, das dauert sicher ewig‹, denkt Julia enttäuscht. „Wir brauchen ein Stück Papier", sinniert er weiter. „Ich werde die Schrift darauf übertragen, damit er sie besser lesen kann, wenn ich sie ihm zufaxe!" Er sucht in einer Schreibtischschublade, findet die benötigten Utensilien und überträgt die Schrift vom Leder akribisch genau aufs Papier. Anschließend geht er zum Telefon, um den Sprachwissenschaftler zu kontaktieren. Es dauert gut fünf Minuten, bis eine gestresste Stimme sich meldet und poltert, dass er gerade auf dem 'Sprung' ist und wenig Zeit hat Nachdem der Professor sich vorgestellt und sein Anliegen vorgetragen hat, ändert sich der Ton des Frankfurter Freundes. Freundlich und geduldig hört er zu und sagt ihm die Hilfe zu. „Allerdings benötigen wir die Übersetzung möglichst gleich", bittet Professor Klemm. „Gar kein Problem", antwortet der Kollege. „Du hast mich gerade davor gerettet, zu einer langweiligen Wohltätigkeits-Veranstaltung zu gehen. Das ist der perfekte Grund abzusagen", lacht er donnernd durchs Telefon. „Schick mir das Fax, ich setze mich sofort an die Arbeit." Professor Klemm bedankt sich wortreich, während er gleichzeitig das Fax absendet. Dabei zwinkert er den Dreien verschwörerisch zu. Wieder heißt es Geduld haben. Die Zeit des Wartens nutzt der Professor, um aus der Geschichte des Ortes zu plaudern. Er erzählt kuriose Geschichten, die sich damals auf der Burg ereignet haben sollen und erwähnt familiäre Verwicklungen zu der Zeit, als Gräfin Sophia starb. Die Ehe sei nicht glücklich gewesen und der Graf viel unterwegs. Auch die zweite Ehe sei nur von kurzer Dauer gewesen, da der Graf und seine Elena auf einer Reise nach Rom zu Tode gekommen sind. Sie hatten keine Nachkommen. Die Erzählungen des Professors sind so kurzweilig, dass alle ganz erstaunt aufsehen, als sie das Fiepen des Faxgerätes hören. Professor Klemm sputet hin und holt das Blatt aus dem Gerät. Justus, Julia und Paul stehen dicht um ihn gedrängt. Er legt es auf den Schreibtisch, streicht umständlich mit der Hand darüber. „Das Schreiben, beziehungsweise die Nachricht stammt tatsächlich von Sophia von Weißensee! Übrigens war es damals durchaus üblich, geheime Botschaften in Leder zu ritzen", erklärt der Historiker, ehe er endlich mit der Übersetzung der Schrift beginnt. Julia schluckt und schaut Paul an. Wie selbstverständlich nimmt er ihre Hand und drückt sie leicht. Professor Klemm räuspert sich umständlich, bevor er liest. „Also", beginnt er feierlich, „hier steht: „Ich, Sophia von Weißensee, tue hiermit kund, dass ich Zwillinge geboren habe!" „Aber das ist ja eine unglaubliche Neuigkeit!", unterbricht er sich selbst überrascht und liest weiter: „Ich habe meine Kinder in der Hütte meiner Amme Margaretha geboren. Mein erstgeborener Sohn lebte, der zweite aber kam tot zur Welt." Der Professor schüttelt immer wieder den Kopf, bevor er weiterliest: „Ich handele in großer Not und zum Wohl meines lebenden Kindes, dass ich ihn geheim halte. Aus dieser Sorge übergebe ich das Kind meiner vertraute Amme Margarete und dem treuen Johannes mit der Bitte, es fortan als ihr eigenes auszugeben. Dem Grafen aber sollte man nur von einem Sohn berichten, der bei der Geburt starb." Professor Klemm schaut betroffen von einem zum anderen. „Es geht weiter, sie schreibt: Mein Sohn soll die wahre Liebe der guten Menschen erfahren und ein lauterer Mann werden. Ich fühle, dass ich die Rückkehr meines Gatten nicht erleben werde. Ein neues Weib an seiner Seite würde dem Kind nicht die Liebe geben, die ich ihm wünsche. Zum Dank und als Erbe schenke ich der guten Amme Margarete mein Spinnrad und einen Beutel mit acht Goldtalern, damit sie dem Knaben eine gesicherte Zukunft geben kann. Er soll auf den Namen Johann Ferdinand getauft werden. Ich bitte meinen Sohn um Vergebung, damit meine gequälte Seele Ruhe findet. Den zweiten Sohn nennt auch nach seinem Vater Ferdinand. Legt ihn zur letzten Ruh in meine Arme.

Dies sei zum Zeugnis.

In verzweifelter, hoffnungsloser Liebe

Sophia, Gräfin von Weißensee.

August, Anno 1702

Großvater Justus hat wie gebannt den Worten des Professors zugehört. Langsam und nachdenklich nimmt er sein Taschentuch, um sich die kleinen Schweißperlen, die sich auf seiner Stirn gebildet haben, abzutupfen. Er sucht sich einen Stuhl, muss sich setzen. „Sie muss wohl geahnt haben, dass der Graf eine Geliebte hatte. Dass hätte für sie vermutlich zur Folge gehabt, dass sie von ihm verstoßen würde, das Kind aber beim Grafen geblieben wäre. Das wollte sie sicher verhindern. In dem Fall wäre die Gräfin sehr wahrscheinlich im Armenhaus gelandet. Wenn die Herren ihre Ehefrauen los werden wollten, waren sie nicht zimperlich. Die Nachricht lässt vermuten, dass sie sehr gelitten und ihren nahen Tod gefühlt hat. Also hat sie Johann Ferdinand mit einem sogenannten Schweigegeld der vertrauten Amme übergeben. In gewisser Weise hat sie ihren untreuen Gatten damit bestraft, keinen Erben zu haben." „Aber Opa", ruft Julia aufgeregt, „das bedeutet doch, dass es in Deiner Familie einmal einen echten Grafen gab." Justus schaut sie seltsam an. „Ja, Liebes", antwortet er erschöpft, „um es genau zu sagen, ist dieser Junge unser gemeinsamer Vorfahre und nicht Johannes und Margarete!" Julia, Paul und der Professor schauen ihn erstaunt an. „Es gab 1702 nur einen Jungen in der Familie von Amme Margarete und Johannes Müller, klärt Großvater sie auf. „Deren eigene Tochter ist im Winter 1701 gestorben. Nur neun Monate später haben sie den Knaben als ihr eigenes Kind ins Kirchenbuch eintragen lassen. Die beiden hatten keine weiteren Kinder als Johann Ferdinand!" Julias Großvater atmet schwer. „Ich habe die Kirchenbücher studiert, so ist es dokumentiert." „Aber lieber Justus, das bedeutet, dass du und deine Nachkommen die legitimen Nachfolger von Graf Hunhold von Weißensee und Gräfin Sophia seid", stellt Professor Klemm nüchtern fest. „Ja, ich brauche jetzt erst ein Glas Wasser, bitte", antwortet Justus nach dieser Erkenntnis". „Hammer", stammelt Paul, und fährt sich mit der Hand durch die Haare. „Damit ist wohl die Geschichte der Burg ab heute neu geschrieben", bemerkt Professor Klemm feierlich. „Darauf sollten wir anstoßen, Justus, oder besser „Justus Graf von Weißensee", denn das ist dann wohl dein wirklicher Name. Ich hab da für ganz besondere Ereignisse eine Flasche Sekt im Kühlschrank. Da dürfen auch die beiden jungen Leute ein Schlückchen von genießen. Ach, Kinder, wenn das kein Anlass ist, dann weiß ich es auch nicht", freut er sich und beeilt sich den Sekt zu holen. Justus Müller ist sich noch nicht sicher, ob er lachen oder weinen soll, ob er träumt, oder ob er das alles tatsächlich erlebt. Julia erfasst seinen chaotischen Gemütszustand und umarmt ihn. „Ach Opi, keine Panik, ich hab dich trotzdem lieb, auch mit einem neuen Namen", lacht sie und drückt einen dicken Kuss auf seine Wange. Nachdem sie angestoßen haben, schlägt Justus vor, gemeinsam zur Familie zu gehen um von der Entdeckung zu berichten. „Rainer, begleitest du uns bitte, um der Familie in aller Sachlichkeit die Erkenntnisse, die wir gewonnen haben, mitzuteilen? Man wird mich vermutlich sonst für komplett durchgeknallt halten! Die werden sich eh schon Sorgen nach unserem Verbleib machen. Womit hab ich das verdient? Das haben wir alles diesen beiden jungen Menschen zu verdanken", lächelt er gequält. „Wahrscheinlich müssen wir uns jetzt auch noch neue Pässe zulegen!" Immer wieder schüttelt er den Kopf. „Ich kann's nicht fassen! Ist ein bisschen viel für einen alten Mann." Julia nimmt tröstend Großvaters Hände. „Ist es denn sooo schlimm, ein Graf zu sein? Du bleibst doch trotzdem mein lieber, bester Opa." „Das tröstet mich mein, Schatz, und du bist und bleibst meine Prinzessin", antwortet Justus zärtlich. „Wahnsinn, dass es ausgerechnet einen Tag vor dem Lichterfest passiert, oder?", kommentiert Paul seine Gedanken. Familie Müller scheint restlos überfordert nachdem sie die Neuigkeiten von Justus, Professor Klemm, Julia und Paul erfahren haben. Die spannende Geschichte der gräflichen Vorfahren wirft tausend Fragen auf. Und wieso, warum und woher sie das alles erfahren haben. Sie können nicht genug kriegen von den spannenden Antworten. Vor allem Julia, die das alles in Gang gebracht hat, muss viele Fragen beantworten. „Aber ohne Paul hätte ich nicht auf dem Speicher gesucht", stellt sie klar. Andreas lässt es sich nicht nehmen, das Spinnrad endgültig aus der Vergangenheit in die Gegenwart des gemütlichen Wohnzimmers zu holen, um ihm den Platz zu geben, der ihm tatsächlich gebührt.

Julia und Paul zieht es nach den aufregenden Stunden im Labor und bei ihren Großeltern noch einmal zu Sophias Grab. Ganz selbstverständlich beugt Paul sich vor und pflückt eine Rosenblüte vom Baum. „Ich denke, die schenkt sie dir gerne, du bist ja jetzt gewissermaßen ihre Enkelin." Er schaut Julia an und steckt ihr die erste geöffnete Blüte ins braune Haar. Dann gibt er ihr einen leichten Kuss auf die Wange. „Hey, du bist ein unglaubliches Mädchen, weißt du das??", flüstert er und Julia verliert sich für einen Moment tief in seinen blitzblauen Augen. „Du bist auch nicht gerade uncool, Paul", antwortet sie verwirrt, „aber weißt du was, ich brauche jetzt Abwechslung, um wieder auf den Boden zu kommen. Du hast mir doch was von einer Gitarre erzählt und von deiner Band." „Super Idee", findet Paul und freut sich wie Bolle. „Dann lass uns mal zum Schuppen gehen."

Die Jungs von der Band sind zunächst skeptisch, als Paul ihnen Julia vorstellt. Als Julia jedoch die Gitarre nimmt und spielt, wird schnell klar, was sie drauf hat. Mit ihrem Einfühlungsvermögen schafft sie es mühelos, sich in die Band einzufügen und erweist sich als Supertalent. ›Zwölf Jahre Unterricht haben sich gelohnt‹, denkt Julia glücklich. Nach vier Stunden steht für alle fest: Julia, du kommst morgen mit auf die Bühne! Sie hat nichts dagegen einzuwenden.

Als Julia spät abends ihr Handy einschaltet, hat sie eine Nachricht von Hannah:

„Was ist los mit dir?? Du meldest dich kaum, hast du dich etwa verknallt?"

Julia: „neeee !!!"

Hannah: „glaub ich dir nicht, zwei Tage weg und schon...!"

Julia: „bis bald, Schneckchen" ;)

Dritter Tag

Das Fest ist in vollem Gange und die Stimmung super. Der erste Preis für das älteste „Schätzchen" geht nicht an Julia, da gab es noch ein älteres, jedoch bei weitem nicht so aufregendes Fundstück. Daher gibt es einen Sonderpreis: Einen Wurstkorb für Opa. Die Geschichte der neu entdeckten Familie von Weißensee spricht sich wie ein Lauffeuer herum und wird wohl noch lange das Thema bleiben. Als die Dämmerung hereinbricht steigt die Familie die Stufen hoch auf den Burgfried und schaut auf den mit vielen tausend Lichtern geschmückten Ort herab. „In all den Jahre haben wir dieses Fest mitgestaltet und mitgefeiert", sagt Oma feierlich, „ohne zu wissen, dass es ein Fest zu Ehren unseres Urahnen ist. So eine Geschichte gibt es sicher kein zweites Mal. Die wird uns noch lange beschäftigen, ich hoffe aber, sie wird uns nicht verändern, denn das war ja der Wunsch der Gräfin von Weißensee. Den werden wir respektieren. Wir bleiben die Gleichen wie immer", stellt Oma klar. „Aber jetzt lasst uns das schöne Fest feiern. Einfach so, wie wir es immer gemacht haben!"

*

Julia und Paul gehen dem Getümmel auf dem Burggelände aus dem Weg. Sie suchen sich außerhalb der Mauer ein ruhiges Plätzchen in einem nahe gelegenen Weingarten. Noch eine Stunde bis zum Auftritt auf der Showbühne. Es gibt noch viel zu erzählen. „Ab heute bist du also offiziell Julia von Weißensee, hört sich echt nobel an. Welchen Namen hast du bis jetzt gehabt?"

„Müller, Julia Sophie Müller."

„Echt? Auch Sophie?? Naja, verschlechtert hast du dich jedenfalls nicht," scherzt Paul. „Und wie ist dein werter Name ?", fragt Julia übertrieben höflich. „Paul von Ziterow". „Wie jetzt? Du auch ein 'von'? Krass! Und woher kommt der Name, der ist nicht von hier, oder?" „Stimmt, meine Urgroßeltern stammten aus Gleiwitz, nahe der polnischen Grenze. Das alte Gutshaus steht übrigens heute noch, ist leider sehr verfallen. Ich bin als Kind mit meinen Eltern mal dort gewesen. Papa hat freundschaftliche Kontakte zu einigen Leuten dort". „Das erklärt ein wenig deine Vorliebe für Geschichte. Aber erzähl weiter!" Sie will mehr über ihn erfahren. „Ja, vielleicht kommt mein Interesse ein bisschen daher. Sie gehörten damals zu den Vertriebenen. Meine Uroma und ihre beiden Kinder sind als Kriegsflüchtlinge ins norddeutsche „Alte Land" gekommen. Es muss die Hölle für sie gewesen sein. Aus der Heimat vertrieben, hungrig, arm und verlaust, keiner wollte sie haben, obwohl sie doch auch Deutsche waren! Der älteste Sohn, also mein Opa, ist später ins Ruhrgebiet gegangen, hat im Bergwerk gearbeitet, um die Familie finanziell zu unterstützen. Seine Schwester blieb im Alten Land." „Das stelle ich mir voll grausam vor, Krieg und Vertreibung durchleben zu müssen, und dann keine Hilfe und Menschlichkeit zu erfahren," antwortet Julia betroffen. „Ja, du hast Recht. Viele Jahre haben sie über all die schlimmen Erlebnisse und Erfahrungen gar nicht reden können, sich sogar geschämt für all die Demütigungen. Urgroßvater kam aus dem Krieg nicht zurück, galt als vermisst. Wir haben nie erfahren, ob und wo es ein

Grab gibt." „Meinst du, die Menschen werden irgendwann mal kapieren was der ganze Kriegsmist anrichtet? Es gibt doch schon verdammt genug Elend und andere Katastrophen." „Ja, du hast Recht! Geht alles irgendwie nur noch um Macht und Kohle." „Stimmt, also ich will auf keinen Fall so werden, ich meine, so ignorant, wenn's zum Beispiel um Flüchtlinge geht." „Dann sind wir schon zwei!", antwortet Paul ernst. „Manchmal denke ich, es war kein Zufall, dass wir uns getroffen haben." „Glaubst du an Schicksal oder so was?", fragt Julia. „Wäre schon ziemlich viel Zufall mit uns und mit dem Spinnrad und so, oder?," Paul nickt nachdenklich. „Irgendwie, wer weiß, was da zwischen Himmel und Erde so abgeht Ich finde es beruhigend zu glauben, dass es etwas gibt, was größer und mächtiger ist als wir Menschen. Aber jetzt glaube ich erst mal, es wird

Zeit rüber zu gehen, in einer halben Stunde geht's los, Julia." Er scheint etwas nervös. „Wird sicher die totale Überraschung für deine Familie. Erst der Grafentitel und dann noch eine Rocksängerin." Paul schaut sie liebevoll an, nimmt sie zärtlich in den Arm, und ehe sie versteht, was gerade passiert, beugt er sich vor, küsst ihre Augen, ihre Wangen, bis ihre Lippen sich finden und nichts mehr sagen wollen, nur noch spüren, was sie fühlen. Der erste Kuss! Es fühlt sich an ‚... wie Eis und heiß, wie ..., wie Brauseprickeln auf der Haut, wie Schmetterlinge im Bauch und wie auf der Achterbahn. Julia kann nicht mehr klar denken, der Boden unter ihren Füßen scheint zu wanken. Und: Es fühlt sich nicht falsch an, das spürt sie ganz deutlich. Eine Weile hält Paul sie still im Arm und Julia hört den Takt seines Herzens, gleichmäßig, stark und beruhigend. Sie genießt überwältigt das Gefühl von Glück und Nähe. Das Leben ist schön, denkt Julia, und manchmal verändert sich an einem einzigen Tag, in einem kurzen Moment, soviel, dass man es kaum fassen kann. Sie spürt etwas Neues in sich, das sich unglaublich gut anfühlt. „Komm lass uns gehen, Julia", flüstert Paul nah an ihrem Ohr, „es wird Zeit, bist du bereit Wachenheim zu rocken??" „Klar, bin ich!" Das Glück strahlt aus ihren Augen, als sie Hand in Hand zur Bühne laufen. „Okay", sagt Paul mit fester Stimme, „dann zeigen wir den Wachenheimern jetzt, was wir sonst noch drauf haben!"

*

Tom entdeckt seine Schwester zuerst auf der Bühne und informiert den Rest der Familie. In diesem Moment stellt Paul die Mitglieder der Band namentlich vor, und begrüßt ausdrücklich die Gastsängerin und Gitarristin Julia Sophie von Weißensee. „Hast du das gehört, Andreas?", fragt Thea. „Was?" „Unsere Tochter steht auf der Bühne!" „Wie jetzt??" „Da ist Julia!", brüllt Tom. „Ja doch ,... ich bin doch nicht taub und blind bin ich auch nicht", wehrt sich Andreas. „Dass unsere Tochter ganz anständig Gitarre spielen kann, ist mir bekannt", antwortet er, „aber dass sie auch singt ... ?" „Ja, und seit wann spielt sie in dieser Band, wie hat sie das organisiert in der kurzen Zeit?", fragt Thea verwundert. „So kenne ich unser Mädchen gar nicht," stellt Oma fest. „Da hast du Recht, Hilde, sie wirkt auf einmal so erwachsen, unsere Kleine", bemerkt Opa. „Seid doch mal still, ich will hören, wie sie singt!", protestiert Thea. „Krass", ruft Tom, „Alter, das ist geil!"

„Was ist steil??", will Oma wissen. „Tom sagt, dass er es super gut findet", übersetzt Thea ihrer Schwiegermutter und nickt eifrig zur Bestätigung. Die Lautstärke der Musik verbietet jede weitere Unterhaltung, der anschließende begeisterte Applaus toppt es noch einmal. Der Höhepunkt des Konzertes ist ein Song von Pink und Reuss, „Just give me a reason", den Julia und Paul gemeinsam singen. Die Burg versinkt in einem Meer von Lichtern, die stimmungsvoll den Song begleiten. Das Publikum feiert die Band geradezu euphorisch. „Unsere Tochter ist verliebt", stellt Thea lakonisch fest. „Wie verliebt? Wie kommst du denn da drauf?" Andreas guckt verwirrt. „Nur weil sie eine Schnulze singt?" „Nein, als Mutter spürt man so was", weiß Thea. „Dafür hast du kein Gespür, bist einfach zu unromantisch!" „Jetzt sag aber mal!", protestiert Andreas energisch, „ich bin doch wohl der romantischste Mann unter Gottes Sonne! Hab ich dir nicht letztes Jahr achtzehn rote Rosen zu unserem Hochzeitstag geschenkt?" „Ja, mein Schatz, wie könnte ich das je vergessen", lacht Thea und verdreht die Augen. „Aber sie hat doch gar keinen Freund", meldet sich Tom zu Wort. „Das habe ich bisher auch gedacht", murmelt Thea mehr zu sich selbst. „Ich werde gleich mal mit ihr reden", kündigt Andreas energisch an. „Das lass mal, Junge, eure Tochter wird morgen sechzehn, da darf man sich auch schon mal verlieben. Ihr wart doch auch mal jung!" „Du hast Nerven, Papa, das ist nicht so einfach." „Ach ja, Justus, weißt du noch damals…?", träumt Hilde halb laut. „Ja, Hildchen, ich kann mich noch dunkel erinnern", kichert er. Während die Familie sich weiterhin mit dem Thema Verliebtsein beschäftigt, hat die

Band, nach mehreren Zugaben, die Bühne verlassen. Paul begleitet Julia zu ihren Eltern, und Julia macht sie miteinander bekannt. „Das ist doch ein ganz netter Junge, Justus, nicht wahr?", flüstert Hilde. „Ja, meine Liebe, das sehe ich auch so." Als Andreas den Jungen später kritisch und ausgiebig unter die Lupe nimmt, was Julia voll peinlich ist, versucht Oma Hilde in ihrer pragmatischen Art, die Lage zu entspannen. „Also, ich hab mir gedacht, dass ich euch zur Feier des Tages zum Essen einlade", erhebt sie die Stimme und setzt nach „ich habe einen Tisch im Kapellchen bestellt." Diese Aussage veranlasst auch Andreas von seinem „Opfer" Paul abzulassen. „Wow, Mama, dass nenne ich 'ne tolle Überraschung", äußert er beglückt. „Wenn es bei Papa ums Essen geht, ist alles andere erst mal zweitrangig, - Gott sei dank!", erklärt Julia Paul den

Interessensprung ihres Vaters. „Und wenn meine Hilde so was organisiert, dann macht sie das richtig gut. „Standesgemäß halt", freut sich Justus. „Aber Justus, wir wollten doch nicht abheben!", erinnert Thea ihren Schwiegervater. „Tun wir auch nicht, ich sehe es als Anlass, um in Julias sechzehnten Geburtstag rein zu feiern, wenn sie schon mal hier bei uns ist und wir Gelegenheit dazu haben", beruhigt Schwiegermama Hilde lächelnd. „Danke, Oma", freut sich Julia und umarmt sie liebevoll. „Vielen, vielen Dank, fast hätte ich vor lauter Aufregung meinen eigenen Geburtstag vergessen", lacht sie. Paul hat es plötzlich eilig und will sich verabschieden, aber Opa Justus sieht das anders. „Nee, mein Freund, so leicht kommst du aus der Nummer nicht raus, mit gesungen, mit gehangen, oder wie heißt das? Du bist natürlich mit von der Partie", lacht er und klopft ihm freundschaftlich auf die Schulter. „Dann lasst uns losgehen", ruft Hilde, „für zehn Uhr ist der Tisch bestellt."

Spät in der Nacht schreibt Julia ihrer Freundin.

Julia: „Hi Hannah, ich glaube du hast Recht!"

Hannah: „Also doch! Und?... wie ist er so, der Paul??"

Julia: „Unbeschreiblich!"

Hannah: „Geht es vielleicht ein bisschen genauer?"

Julia: „nein, das trifft es am besten"

Vierter Tag

Nach Mitternacht und einem hervorragenden Essen wollen alle den ereignisreichen Tag sacken lassen. Paul verabschiedet sich, vielmals dankend für die Einladung zum Geburtstagsessen, und verabredet sich mit Julia für den kommenden Nachmittag. Beschwipst vor Glück und einem Glas Sekt, schläft Julia selig und süß weit in den Morgen hinein. Die Familie erwartet das Geburtstagskind zum Brunch. Sie wird gefeiert und beschenkt. Am frühen Nachmittag zieht Julia sich in den Garten zurück. Sie setzt sich auf die alte Schaukel am Kirschbaum und lässt noch einmal die vergangenen Tage Revue passieren. Ihr wird bewusst, wie schnell die Zeit vorbei war, und die Bedenken vor möglicher Langeweile völlig unbegründet waren. Ihre mitgebrachten DVDs und die Musik hat sie noch nicht angerührt. Julia freut sich auf Paul. Sie kann es kaum erwarten ihn zu sehen. Noch etwas müde nach dem aufregend schönen Abend, holt sie sich eine Decke von der Gartenbank und legt sich ins sonnenbeschienene Gras.

„Julia?..., Julia! ..., schau mal, die Blumen wurden gerade für dich abgegeben." Verschlafen blinzelt sie in die Sonne. Oma Hilde strahlt sie mit einem üppigen Blumenstrauß im Arm an. „Du scheinst einen Verehrer zu haben", stellt sie schmunzelnd fest. Julia ist irritiert, nimmt aber den Strauß dankend entgegen. Im Gebinde steckt ein Umschlag, sie nimmt ihn heraus. Oma Hilde steht immer noch erwartungsvoll neben ihr. „Ich geh dann mal ins Schlafzimmer, Omi", schlüpft Julia aus der Situation und überlässt ihr die Blumen für die Vase. Erst hinter verschlossener Tür öffnet sie gespannt den Umschlag. Er ist von Paul. Erst jetzt wird ihr bewusst, dass es schon nach drei ist, und er sich noch nicht gemeldet hat. Ein dunkles Gefühl breitet sich in ihr aus.

Liebe Julia,

ich hoffe, Du bist nicht enttäuscht, dass ich Dir nicht persönlich zum Geburtstag gratulieren kann, aber ich muss heute noch etwas sehr Wichtiges zu Ende bringen. Ich wünsche Dir alles Liebe und hoffe, wir sehen uns noch, bevor du in Urlaub fährst.
Viele liebe Grüße Paul

Julias Hände zittern. Sie setzt sich aufs Bett und liest den Brief zwei, drei mal ohne zu verstehen, warum sie sich so verletzt fühlt. Ihre Augen füllen sich mit Tränen. Sie ist unsagbar enttäuscht und gleichzeitig breitet sich ein anderes Gefühl in ihr aus: Sie ist wütend! So wütend, dass sie den Brief zerreißt, weil er ihr selbst das Herz zerreißt. So kann und will sie ihrer Familie auf gar keinen Fall begegnen. Sie geht zum Fenster um zu schauen, ob es eine Möglichkeit zum unauffälligen Verschwinden gibt. Im Garten ist niemand zu sehen. Sie öffnet das Fenster, das sich direkt über der Gartenbank befindet, und beschließt, auf diesem Weg das Zimmer zu verlassen und irgendwo hinzugehen, wo sie sich abreagieren kann. Zum ersten mal nimmt sie ihr iPhone aus der Tasche und setzt den Kopfhörer auf. Nur keine Fragen beantworten nach dem „vermeintlichen Verehrer" oder so. Die Flucht aus dem Zimmer verläuft problemlos. Geschickt klettert sie aus dem Fenster tritt auf die Bank, um sich quer durch den Garten zum Hintertor zu schleichen, dann steht sie auf der Straße. Ziellos rennt sie los. Sie muss einfach laufen, laufen, laufen, um den Schmerz, den sie in sich fühlt, zu verdrängen. Nach einiger Zeit bleibt sie stehen um zu verschnaufen. Sie schaut sich um und stellt fest, dass sie vor dem Friedhof steht. „Auch gut", murmelt sie traurig, „das passt ja wie die Faust aufs Auge." Aus Respekt nimmt sie den Kopfhörer von den Ohren. Wieder füllen sich ihre Augen mit Tränen. ›Was hab ich mir nur eingebildet, denkt sie wütend. ›Wie naiv bin ich denn?‹, fragt sie sich. Sie öffnet das quietschende Tor und geht wie ferngesteuert in Richtung Sophias Grab. Plötzlich hört sie eine vertraute Stimme. Wie versteinert bleibt sie stehen. Noch hat niemand sie wahrgenommen. Da steht Paul hinter einem Mädchen. Er hat die Arme um ihre Schultern gelegt, das Kinn berührt ihren

Hinterkopf. Julia fühlt, wie ihr die Kehle eng wird. Das Atmen fällt ihr schwer, es fühlt sich an, als ob ihr jemand in den Bauch schlägt. Es ist so verletzend und tut unglaublich weh. Sie setzt sich auf eine Grabumrandung und beißt sich auf die Lippe, damit sie nicht aufschreit vor Enttäuschung. Ein Lorbeerbusch gibt ihr Deckung. Die beiden fühlen sich unbeobachtet. Er redet auf das Mädchen ein. Sie kann einzelne Wortfetzen hören. Er erzählt ihr die Geschichte der Gräfin! ›Es ist meine Geschichte‹ denkt sie wütend. ›Wie kann er nur so gemein sein‹, nur mühsam unterdrückt sie ein Schluchzen. Das Mädchen dreht sich um und nimmt Pauls Hand. „Hast du das gehört", fragt sie, „es hört sich an, als ob jemand weint." „Quatsch, wer soll hier schon sein, du Angsthäsin", lacht Paul, aber okay, ich hab dir genug erzählt, lass uns zur Probe gehen." „Dieser

Schuft auch das noch!", zischt Julia, sie ist außer sich. Er nimmt sie mit zur Probe seiner Band. Die beiden gehen nur ein paar Meter an ihr vorbei, ohne sie zu bemerken. Das Mädchen, etwas älter als sie, schaut sich ein paarmal prüfend um. „Ich habe aber doch etwas gehört", flüstert sie. „Alles klar, ich sag ja, Geistergeschichten auf dem Friedhof sind eben nichts für schwache Mädchennerven", neckt Paul. Die beiden verlassen den Friedhof. Julia wartet, bis sie außer Sichtweite sind, um noch einmal an Sophias Grab zu gehen. Lange steht sie in Gedanken davor und lässt ihren Tränen freien Lauf. ›War es tatsächlich Schicksal, das sie vor ein paar Tagen zu ihrem Grab geführt hat? Sie hat mir einen neuen Namen gegeben, und ohne Paul hätte ich das nie erfahren‹. Der Gedanke an ihn quält sie! Sie pflückt eine Rose vom Grab und dreht sie gedankenverloren in ihren Händen. ›Wenigstens hat der Schuft ihr keine Rose geschenkt‹, denkt sie grimmig. „Hilf mir, wenn du kannst, Sophia", murmelt sie leise und dreht sich um.

Mittlerweile ist die Aufregung im Haus der Großeltern groß. Oma ist es zuerst aufgefallen, dass Julia weg ist. Sie hat an die Zimmertür geklopft, um sie zum Geburtstagskaffee zu holen. Der zerrissene Brief auf dem Fußboden und das offene Fenster sprechen eine deutliche Sprache und machen den Ernst der Lage offensichtlich. Die Familie ist ratlos. „Das Kind hat Liebeskummer!", konstatiert Opa weise. „Der erste ist der Schlimmste", weiß Oma wohl noch aus eigener Erfahrung. „Jetzt hört doch mal auf mit dem Quatsch", winkt Andreas ärgerlich ab, „was ihr euch immer ausdenkt!" Thea läuft wie aufgedreht auf und ab. „Sag du doch auch mal was!", fordert

Andreas seine Frau auf! „Was willst du denn hören, lieber Mann, ich weiß es doch auch nicht!" Sie ist völlig aufgelöst. „Wo wohnt denn der Paul?", will Tom plötzlich wissen, und ohne dass er es ahnt, bringt er endlich eine vernünftigeWendung in die Grübeleien der Erwachsenen. „Das dürfte im Telefonbuch zu erfahren sein", antwortet Opa, den Familiennamen 'von Ziterow' gibst hier im Ort nur einmal. „Du kennst diese Familie??", fragt Andreas fast vorwurfsvoll. „Na ja, in so einem Ort kennt man zumindest die wichtigen Personen, wenn man im Gemeinderat ist." Der Vater ist Lehrer an der Gesamtschule in Deidesheim und Mitglied in unserem Gemeinderat", klärt Justus auf. „Ja, dann such ich mal im Telefonbuch", bietet Oma sich an. „Nee, lass mal, Mama! Das hab ich viel schneller im Internet gefunden", bestimmt Andreas, er hat es plötzlich sehr eilig. Er nimmt sein Handy, sucht und wird rasch fündig. Nach sechs mal klingeln meldet sich endlich eine angenehme männliche Stimme am Telefon. „Ziterow, Hallo?" Die Frage, ob Paul und vielleicht auch Julia im Haus und zu sprechen sind, wird verneint. Auch wo Paul sich momentan aufhält, weiß Herr von Ziterow bedauerlicherweise nicht. „Aber eigentlich probt er um diese Zeit mit seiner Band im alten Lockschuppen", fällt ihm ein. „Dann lass uns da mal hingehen", drängelt Oma. „Mama, ich denke es ist besser, wenn ihr hierbleibt, falls sie in der Zwischenzeit zurückkommt", bittet Andreas seine Eltern, „ich geh mit Thea suchen. Ruft bitte sofort an, falls sie wieder auftaucht." „Und was mach ich? Sie ist doch meine Schwester", ereifert sich Tom. „Na wir haben deinen Drachen immer noch nicht fertig, den willst du doch morgen mit nach Norderney nehmen, oder?", zwinkert Opa ihm verschwörerisch zu. „Oh ja!", jubelt Tom, und schon ist die verschwundene Schwester nebensächlich. Andreas und Thea machen sich umgehend auf den Weg zum alten Schuppen an der Mauer. Schon von weitem hören sie das rhythmische Dröhnen des Schlagzeugs. Klopfen und Rufen ist zwecklos. Also betreten sie den Raum unaufgefordert. Nach mehreren Bemühungen sich bemerkbar zu machen, reagiert der Drummer endlich, und nimmt seinen Gehörschutz von den Ohren. Etwas genervt fragt er, was es gibt. Thea und Andreas fragen gleichzeitig, wo Paul ist, und ob er Julia gesehen hat. „Ihr seid Julias Eltern, oder?" „Ja, antwortet Thea weinerlich, „sie ist einfach weggelaufen, an ihrem Geburtstag. Sie hat einen Brief von Paul, der …" „Es ist gut, Thea, das interessiert den jungen Mann sicher weniger", unterbricht Andreas seine Frau. „Na ja, ich weiß, wo Paul ist, aber wo sich ihre Tochter aufhält, sorry, keine Ahnung!" „Und wo finden wir Paul?", bohrt Andreas weiter. „Eigentlich möchte er nicht gestört werden ..." „Es geht hier nicht ums nicht gestört werden wollen, es geht um unsere Tochter, wir machen uns Sorgen!", fällt Andreas ihm ungeduldig ins Wort. „Okay okay, ... er ist auf der Burg. Aber das habt ihr auf keinen Fall von mir, ich hab ihm mein Wort gegeben nichts zu verraten!", ruft er den Eltern hinterher. „Da kann man mal sehen, was so ein Wort heute noch wert ist", brummt Andreas ärgerlich. „Was meint der Junge denn damit, Andreas, was bedeutet das alles?" „Das möchte ich auch gerne wissen!" Der Weg zur Burganlage ist steil und gestaltet sich inklusive der Aufregung und des ungewohnten Lauftempos als ziemlich schweißtreibend. Das Burggelände ist heute, einen Tag nach dem Lichterfest, für die Öffentlichkeit gesperrt. Es wird aufgeräumt und saubergemacht. Andreas und Thea kümmert es wenig, ihre Blicke konzentrieren sich auf die Suche nach ihrer Tochter oder nach Paul. Leider bislang ohne den gewünschten Erfolg! Thea setzt sich auf eine Bank, um einen Moment zur Ruhe zu kommen. Ihr Blick schweift über das Gelände und bleibt am imposanten Turm der Wachtenburg hängen. „Natürlich! Da oben werden die beiden sein", überlegt sie, und macht sich sofort auf den Weg über die luftige Treppe nach oben. Die ungewohnte Anstrengung lässt ihren Puls rasen. Als sie oben ankommt, setzt sie sich erst mal auf die letzte Stufe, um ihre Atemfrequenz zu drosseln. Plötzlich hört sie Pauls Stimme. „Gott sei Dank", murmelt sie, „alles ist gut!" Doch je mehr sie versteht, was da gesprochen wird, um so klarer wird ihr, dass er nicht mit Julia spricht. Thea erhebt sich von der Stufe und schaut sich um. Paul sitzt mit dem Rücken zu ihr. Dicht neben ihm kauert ein Mädchen. Paul erzählt. Er erzählt eine Geschichte, die sie in den letzten Tagen selber oft genug gehört hat, „Was soll das?? Wer ist dieses Mädchen, und wo verflixt ist Julia??", flüstert Thea. Sie dreht sich um, schaut hinunter zum Burghof. Da steht Andreas, der sich suchend umschaut. „Hoffentlich guckt er jetzt hoch", wünscht sich Thea. Rufen will sie ihn nicht, sie will noch ein wenig abwarten und hören, was hier vor sich geht. Sie nimmt ein paar Bonbons aus ihrer Jackentasche und zielt damit in Richtung Andreas. Das dritte Bonbon ist ein Volltreffer! Andreas reibt sich den Kopf und sieht sich fluchend um. Endlich hat er sie entdeckt und Thea winkt und deutet ihm, dass er hochkommen soll. Als er ein paar Minuten später keuchend neben ihr steht, zeigt Thea nur stumm mit dem Finger in Pauls Richtung und zuckt hilflos die Schulter. Andreas ist kein Mann, der zögerlich ist oder gar lange nachdenkt, bevor er in Aktion tritt. So verliert er auch hier, obgleich noch ziemlich wenig Luft in den Lungen, keine Zeit und geht geradewegs auf Paul zu. „Äähm", räuspert er sich vernehmlich, um auf sich aufmerksam zu machen. „Paul?", spricht er sicherheitshalber den Jungen an. Paul steht auf, bekommt einen roten Kopf, stottert verlegen „Ah, Hallo Herr von Weißensee, kann ich ihnen irgendwie helfen?" „Das will ich hoffen", erwidert Andreas mit einem schrägen Blick auf das Mädchen an Pauls Seite. „Ach ja, das ist Ly, ich bin hier, äh... ach verflixt, es sollte eigentlich eine Überraschung werden, sie ist die Sängerin in unserer Band, die gestern nicht mitsingen konnte, und…" „Du scheinst für Überraschungen gut zu sein", unterbricht Andreas ihn barsch. „Jetzt mal ganz ruhig und der Reihe nach, Paul", versucht Thea die Situation unter Kontrolle zu bringen. „Weißt du, wo Julia ist?" „Ich denke zuhause, sie hat doch heute Geburtstag!" „Ja…, äh…, nein! Da ist sie eben nicht. Nachdem sie deine Blumen und den Brief bekommen hat, ist sie verschwunden. Wir suchen sie schon eine Weile und machen uns Sorgen, weil wir den Brief zerrissen vorgefunden haben!" „Oh Gott, ich Idiot, das wollte ich nicht, es tut mir Leid, das ist wohl voll daneben gegangen!" „Mit dem Idioten liegst du nicht verkehrt, verdammt noch mal, was läuft hier eigentlich, und was ist daneben gegangen?", möchte Andreas wissen. „Das erkläre ich ihnen später", sagt Paul, „Ly machst du es noch fertig, ich muss

Julia suchen!" „Wo haben sie bisher gesucht?", fragt er, bevor er losrennt. „Im Ort und in eurem Probenraum und hier oben", antwortet Thea. „Ich glaube, ich weiß, wo ich sie finde", ruft Paul, „bis morgen Ly!" „Bitte lassen sie mich alleine suchen! Versprochen, dass ich sie bald zurückbringe!!" „Aber wo willst du denn hin, Paul?", ruft Thea ihm hinterher." „Zum Friedhof", antwortet er knapp und rennt die steile Turmtreppe herunter. „Zum Friedhof??", wiederholt Thea verständnislos und schaut Andreas ängstlich an. „Vertrauen sie ihm!", meldet sich nun auch Ly zu Wort, er weiß, was er tut!" „Den Eindruck hatte ich bis jetzt nicht gerade", gibt Andreas seine Zweifel preis. Sie verlassen Turm und Burg um sich auf den Heimweg zu begeben. „Andreas?" „Ja, Thea, ich weiß, du möchtest unbedingt auch auf den

Friedhof", nickt Andreas „Ach, Schatz, es tut gut, ohne viele Worte verstanden zu werden."

*

Paul rennt, als ob der Teufel hinter ihm her wäre. Tausend Gedanken fliegen ihm durch den Kopf. So hatte er sich das nicht vorgestellt.

Er fühlt sich elend und als er am Friedhof angekommen ist, schickt er ein Stoßgebet zum Himmel, das er sie hier findet. Das Tor kreischt, weil es dringend einen Tropfen Öl braucht. Eine alte Frau steckt frische Blumen in eine Vase und schaut sich verwundert nach dem Jungen um. Paul grüßt hastig im Vorübergehen und nimmt zielstrebig den Weg zum älteren Teil des Friedhofes. Kurz vor Sophias Grab bleibt er stehen. Von Julia keine Spur. Gerade als er enttäuscht wieder umkehren will, vernimmt er ein leises Stöhnen. Ein Schauer läuft ihm den Rücken herunter. Er bleibt stehen. Wieder vernimmt er einen Laut. „Hallo?", ruft er. Keine Antwort! Er geht ein paar Schritte vor in die Richtung, aus der er die Stimme zu hören glaubt. Was er zuerst sieht, sind Füße, die in Julias Schuhen stecken und hinter einem Grab hervorlugen. Atemlos stürzt er darauf zu und bleibt geschockt stehen. Da liegt Julia halb auf einem Grab. Blut klebt an ihren Haaren. Ihre Augen sind geschlossen, sie stöhnt leise. „Julia!! Oh mein Gott, nein!" Er beugt sich zu ihr, nimmt ihre Hand und fühlt den Puls. „Julia!, kannst du mich hören, Julia? Ich bin bei dir, alles wird gut, es tut mir so Leid! Bitte, bitte, sag doch was!" Sie antwortet nicht. Paul ist verzweifelt. ›Das ist alles meine Schuld‹, denkt er, ›lieber Gott, bitte, lass sie aufwachen!‹ Mit zitternden Fingern zieht er sein Handy aus der Jeans und wählt die Notfallnummer. Nach zwei Freizeichen meldet sich eine Männerstimme und Paul überschlägt sich vor Aufregung mit seinen Informationen. „Nochmal ganz ruhig bitte!", fordert der Mann ihn auf. „Wer spricht da, und was ist wo passiert?" Paul atmet tief durch, konzentriert sich um alles klar und deutlich zu benennen. „Paul von Ziterow, ich bin auf dem alten Teil des Friedhofs in Wachenheim, hier liegt mein Mädchen mit einer blutenden Kopfwunde. Sie ist nicht ansprechbar. Bitte kommen sie schnell, ich bin an allem Schuld", bricht es verzweifelt aus ihm heraus. „Wir sind gleich bei ihnen, bleiben Sie bei der Verletzten und bewegen sie sie nicht!", sagt der Mann und legt auf. Die nächsten Minuten werden zum Horror für Paul. Unaufhörlich redet er auf Julia ein. „Bitte, Julia, wach auf, ich hab alles falsch gemacht, wollte dich nicht verletzen, ich bin so ein Vollpfosten!" Paul beugt sich vorsichtig vor, und küsst Julia sanft auf die Lippen. Plötzlich bewegt Julia ihre Hand, ihre Augenlider flattern und öffnen sich in Zeitlupe. „Paul," flüstert sie kaum hörbar. Paul wischt sich Tränen aus den Augen. Im gleichen Moment wird er etwas unsanft aufgefordert beiseite zu gehen. Er hatte den Notarzt nicht kommen hören. Aber auch zwei Polizisten sind im Anmarsch. „Paul von Ziterow?", fragt ihn einer der beiden, „wir müssen dich bitten mitzukommen!" Paul ist hin und her gerissen von seinen Gefühlen. Geschockt von Julias Anblick, glücklich, dass sie aufgewacht ist und ihn erkannt hat, und irritiert, dass die Polizei ihn mitnehmen will. „Bitte, ich muss ihren Eltern doch sagen, was passiert ist, die suchen nach ihr", fleht Paul. „Das übernehmen wir! Uns wurde mitgeteilt, dass der Anrufer gesagt hat, er sei schuld an dem Unfall,", antwortet der Polizist kühl. „Ja!..., ich meine, nein!! Ganz so ist das nicht", versucht Paul zu erklären. „Das sagen alle!", antwortet der Polizist stattdessen. „Wir werden das auf der Wache klären." Paul wird zum Polizeiauto geleitet. Ausgerechnet in dem Augenblick kommen Julias Eltern am Friedhof an. Er möchte am liebsten im Erdboden versinken, wenn es nicht gerade an dieser Stelle so makaber wäre. Paul kann nicht mehr denken, mit hängenden Schultern und dumpfem Kopfweh setzt er sich widerstandslos ins Polizeiauto. Es tröstet ihn, dass Julia aufgewacht ist und ihre Eltern nun Bescheid wissen. Er kommt sich ziemlich beknackt vor, dass er Julia und ihre Familie so enttäuscht hat. Die Vernehmung im Polizeirevier zieht sich über zwei Stunden hin. Pauls Vater muss aus einer Schulkonferenz geholt werden, da Paul noch minderjährig ist. Paul hat endlich seinen Kopf wieder im Griff und kann die ganze Geschichte klar und schlüssig erklären. Erst jetzt zeigt die Polizei so etwas wie Verständnis und entlässt ihn. Sein Vater fährt ihn bis zum Krankenhaus. „Ruf mich an, wie es deiner Freundin geht, oder wenn ich sonst was für euch tun kann," ruft er seinem Sohn hinterher. „Danke, Dad!", antwortet Paul dankbar.

*

Julias Familie sitzt im Warteraum der chirurgischen Abteilung. Paul fühlt sich miserabel und geht unsicher auf sie zu. Thea läuft aufgeregt auf und ab. Als sie Paul sieht, kommt sie auf ihn zu. „Wie geht es Julia?", fragt Paul besorgt. „Sie wird noch untersucht, ist jetzt im CT", antwortet sie knapp. „Ich glaube, wir müssen reden! Kannst du uns das alles erklären?" „Ja, das kann ich..., nein, das will ich unbedingt!" Er ist erleichtert und froh, überhaupt etwas sagen zu dürfen und nimmt gegenüber den Eltern Platz, schaut sie offen und ohne Scheu an, als er beginnt: „Es ist gerade mal vier Tage her, seit ich Julia kenne. Für mich fühlt sich das an, als ob sie ein Teil von mir ist, mich erst komplett gemacht hat. Ich kann es nicht anders beschreiben. Es war, als ob wir uns begegnen sollten, um all die Dinge aufzudecken, die wir gefunden haben. Und was wir gefunden haben, hat uns näher zusammengebracht, als ich zu hoffen gewagt habe, Julia bedeutet mir wirklich sehr viel!" „Aber warum hast du sie heute so enttäuscht mit deinem Brief?", fragt Thea gerührt. „Das wollte ich doch nicht, ich wollte sie nur mit etwas Besonderem überraschen", antwortet Paul erschöpft. „Die Überraschung ist dir ja ordentlich gelungen!", „Jetzt lass den Jungen doch mal erzählen und unterbrich ihn nicht dauernd." „Sie haben Recht", antwortet Paul, „das war total falsch, und ich wünschte, ich könnte es ungeschehen machen. Ich wollte Julia wie gesagt ein besonderes Geschenk machen. Etwas, was mit uns beiden zu tun hat. Das sie sich an diese letzten Tage und mich erinnert, damit sie mich nicht vergisst, wenn sie wieder weggeht." Während Thea spürt, wie weh ihm der Gedanke an die Trennung tut, stichelt Andreas ungerührt weiter: „Auch das ist dir ganz bestens gelungen, wir werden dich alle so schnell nicht vergessen!" Thea wirft ihm einen strafenden Blick zu, worauf er ärgerlich vor sich hin brummelt. „Meine Cousine Ly, die vorhin mit mir auf dem Turm war, hilft mir, unsere Geschichte zu einem Song zu verarbeiten, den wollte ich Julia schenken, bevor sie weggeht." Paul schluckt vernehmlich. „Ly arbeitet in einem Werbestudio, da haben wir den Song heute Nacht aufgenommen. Ich habe nicht überlegt, was ich mit dem Brief anrichte. Hab im Traum nicht gedacht, dass etwas so Schlimmes passiert." Paul atmet tief durch, „es tut mir unendlich Leid, bitte glauben sie mir das!" Erst jetzt bemerkt er, dass Julia in einem Rollstuhl hinter ihm sitzt und zugehört hat. „Hallo, ihr alle, mir tut es auch Leid dass ich euch Kummer gemacht hab, und Paul, danke fürs Retten und so", lächelt sie. „Es geht mir schon wieder ganz gut, es tut kaum noch weh!" Erleichtert geht Paul auf Julia zu, beugt sich vor und küsst sie sanft auf den Mund. „Sorry, dass ich dir nicht vertraut habe," flüstert Julia etwas verlegen. „Versteh einer die

Jugend", meldet sich Andreas kleinlaut zu Wort. „Immerhin ist sie noch romantisch, diese Jugend", seufzt Thea. „Sie hat Glück gehabt", verkündet der Arzt, der mit einer Patientenakte hinter Julia steht, „bis auf eine leichte Gehirnerschütterung und der kleinen Platzwunde ist sie okay. In ein bis zwei Tagen ist sie wieder fit und sie können ihren Urlaub antreten. Eine Nacht behalten wir sie noch zur Beobachtung hier, morgen früh können sie die junge Dame nach Hause holen." Die Erleichterung über diese Nachricht lässt alle aufatmen. „Was ist eigentlich auf dem Friedhof passiert", fragt Andreas. „Ich glaube, ich bin vor Sophias Grab gestolpert. Dann weiß ich nichts mehr, bis Paul mich gefunden und den Notarzt gerufen hat" „Sie hat sich den Kopf an einer Blumenschale aufgeschlagen, jedenfalls sagt die Polizei das", erzählt Paul. „Aber das alles wäre ohne mich nicht passiert!" „Aber ohne dich wäre alles nichts, Paul, ich hätte dir einfach vertrauen sollen, wenn es jemandem Leid tun muss, dann mir!" Thea umarmt ihre Tochter und sie umarmt Paul, der das versöhnliche Angebot dankbar annimmt.

„Tut es sehr weh?", fragt Paul und berührt vorsichtig den bandagierten Kopf. „Halb so schlimm", antwortet sie tapfer. „Es war viel krasser, ausgerechnet auf einem Friedhof und einem Grab wach zu werden. Wenn du nicht da gewesen wärst, hätte ich wohl auch noch einen Schock dazu bekommen." Andreas sieht sich langsam genötigt, etwas Versöhnliches zu Paul zu sagen. „Okay, Paul, ich binwohl etwas grantig rüber gekommen bin, aber schließlich geht es um meine Tochter", versucht er sich in einer Art von Entschuldigung, als sie sich vor dem Krankenhaus verabschieden. Man kann ihm ansehen, wie schwer es ihm fällt, den zuvor gehegten Groll gegen ein etwas gequältes Lächeln auszutauschen. Irgendwie ist dieser Junge gerade dabei, ihm die ungeteilte Liebe seiner Tochter zu stehlen, das tut auch weh. „Keine Ursache, Herr von Weißensee, ich kann ihre Sorge und ihren Ärger gut nachvollziehen, ich glaube, ich an ihrer Stelle wäre geplatzt." „Na ja, dann sind wir uns ja einig. Ich denke, wir sehen dich sicher morgen," legt Andreas freundlich nach.

Julias Handy simst:

Hannah: „Hi Julie, alles okay bei dir?"

Julia: „wieder alles okay, hab kurzzeitig auf dem Friedhof gelegen"

Hannah: „waaaas??"

Julia: „kleiner Scherz, mir geht es gut!"

Hannah: „so langsam wirst du mir unheimlich, ich mach mir Sorgen!"

Julia: „keine Ursache :)"

Fünfter Tag

Eigentlich sollte heute die Reise nach Norderney starten. Justus holt die Enkelin um elf aus dem Krankenhaus, es geht ihr deutlich besser. Einen Tag wollen sie ihr aber doch noch Ruhe gönnen. Keiner der Beteiligten ist wirklich traurig, dass sie einen weiteren Tag in Wachenheim bleiben. Hilde und Justus freuen sich, ihre Kinder noch länger bei sich zu haben. Tom freut sich, einen zweiten Drachen mit Opa zu bauen. Julia genießt es, länger mit Paul zusammen zu sein, und Paul lässt es sich nicht nehmen, Julia jeden Wunsch von den Augen abzulesen. Andreas und Thea indes freuen sich, endlich mal ausgiebig und alleine durch die Weinberge zu radeln und die Pfälzer Lebensart zu genießen. Tatsächlich weicht Paul Julia nicht von der Seite, er verwöhnt sie, spielt ihr Songs auf seiner Gitarre vor, erzählt von sich und hört interessiert zu, was Julia aus ihrem Leben erzählt. Am Nachmittag kommt auch Ly zu Besuch. Julia und Paul sitzen im Garten unterm Sonnensegel. Oma Hilde bringt kühle Getränke und lässt die drei diskret alleine. „Ich wollte dir Ly Thoris vorstellen, meine Cousine, erklärt Paul ihr Erscheinen. Du hast sie ja bislang nur unter unglücklichen Umständen kurz auf dem Friedhof gesehen." Julia schluckt bei dem Gedanken daran. Sie fühlt sich mies den beiden gegenüber, und im Nachhinein findet sie ihr Verhalten ziemlich bescheuert und kindisch. „Julia", beginnt er etwas unsicher, „hier ist mein Geburtstagsgeschenk für dich. Ich wollte dir was schenken, was mit uns beiden zu tun hat, damit du mich nicht so schnell vergisst. Ich hoffe, es gefällt dir." Ernst übergibt er ihr eine CD, auf deren

Cover sie mit Paul auf der Bühne beim Lichterfest zu sehen ist. „Ly hat mich bei der Melodie unterstützt, weißt du, sie ist unsere Sängerin und hat schon einige eigene Songs geschrieben. Der Text ist von mir und kommt von tief hier drinnen." Um seine Worte deutlicher zu transportieren, schlägt er sich leicht mit der rechten Faust auf die Brust. Ich wünsche mir, dass du dich lange an unsere Zeit erinnerst, auch wenn wir uns nicht sehen. Übrigens ist Ly die Tochter meiner Tante aus Norddeutschland und nach ihrem Studium zu uns nach Wachenheim gezogen. Sie hat jetzt einen Job in einem Werbestudio in Landau." Julia möchte vor Scham versinken, aber gleichzeitig ist sie unendlich glücklich, obwohl ihr Tränen übers Gesicht kullern, als Paul ihr die CD übergibt. „Danke Paul, ... und danke Ly, ich kann nicht glauben, dass ich so dämlich war und, ja sogar eifersüchtig! Ich..., ich will dich doch gar nicht vergessen, du..., du..., ach vergiss es", lacht sie. „Du was?? Also ich würde das jetzt schon gerne hören, was da noch kommt?" „Du, Paul, halt." „Echt jetzt? Mehr fällt dir zu mir nicht ein? Ziemlich mager, oder was meinst du, Ly?" „Na ja, aber zutreffend", antwortet Ly fröhlich. „Ich könnte es ja noch ein wenig ausschmücken", schlägt Julia vor, zum Beispiel: „du super cooler Paul?" „Kommt der Sache schon näher", lacht er, „ist akzeptiert!" „Klar werde ich an dich denken, auch wenn wir uns nicht sehen", verspricht Julia und schluckt bedenklich." „Ist schon schade, das ich hier so blöd rum sitzen muss an unserem letzten gemeinsamen Tag", sagt sie traurig. „Ja, du hast Recht, ohne meinen unüberlegten Brief wär das alles gar nicht erst passiert!", antwortet Paul schuldbewusst. „Jetzt hört schon auf euch, selbst zu zerfleischen, macht euch mal locker und macht euch ein paar schöne Stunden", stoppt Ly die beiden. „Ich lass euch jetzt mal alleine, muss zur Arbeit. Ich wünsch dir gute Besserung, Julia, ich denke, wir sehen uns sicher irgendwann wieder." „Danke und nochmal sorry, Ly!", verabschiedet sich Julia von ihr. Am späten Nachmittag hält auch Paul es für besser zu gehen. Julia wirkt müde, und er möchte dass sie sich ausruht. Der Abschied tut richtig weh. Paul bittet sie, die CD erst im Urlaub zu hören. „Das ist einfacher für uns beide". Sie versprechen sich so oft es geht zu telefonieren. Paul fühlt sich aufgewühlt und hat einen seltsamen Druck in der Herzgegend und gesteht sich ein: „Verliebt sein ist nichts für Weicheier."

Am Abend meldet Julia sich bei Hannah.

Julia: „Hilfe, morgen fahren wir nach Norderney"

Hannah: „so schlimm?"

Julia: „nein, schlimmer!"

Sechster Tag

Der Tag der Abreise ist da, die Koffer sind gepackt, Andreas hat die geräumige Familienkutsche vorgefahren und alles verstaut. Es ist sechs Uhr morgens. Die Familie hat sich vor der Haustüre versammelt, auch Paul hat es sich nicht nehmen lassen, so früh zu erscheinen. Julia fühlt sich durch den Wind. Einerseits ist sie glücklich, andererseits wird ihr übel bei dem Gedanken, Paul längere Zeit nicht zu sehen. Ein Gedanke schießt ihr durch den Kopf und beschreibt, was sie fühlt: ›Verliebtsein ist wie Achterbahn, nach dem Höhenflug geht's steil nach unten‹. Es folgen Umarmungen, Küsschen, viele gute Wünsche und Oma lässt etwas Augenwasser ab. Plötzlich kommt ein weiteres Fahrzeug in den Hof gefahren. „Ist das nicht Pauls Vater, Justus?", fragt

Oma Hilde. Julia ist überrascht, weil sie Pauls Vater noch nicht persönlich kennengelernt hat. Andreas begrüßt ihn als erster, „Hallo, Bernhard!" Auch Thea geht fröhlich grüßend auf ihn zu. „Schön, dass es geklappt hat", lacht sie. Julia findet die Begrüßung angenehm, versteht aber überhaupt nicht, was das bedeutet. Herr von Ziterow begrüßt nun auch die restliche Familie und wendet sich zum Schluss an Julia. „Du bist also die Julia, von der ich mittlerweile viel gehört habe, fast, als ob ich dich selbst kenne", lacht er herzlich, „ich bin Bernhard, Pauls Vater." „Hallo, Herr … ", „Nein, einfach Bernhard", unterbricht er sie und schüttelt ihr kräftig die Hand. „Nicht so fest, Dad", meldet sich Paul zu Wort, „sonst machst du sie noch kaputt." Julia verdreht die Augen und der Rest kichert belustigt. „Tja, dann wünsche ich euch allen einen schönen und erholsamen Urlaub", sagt Bernhard und wendet sich an Paul und Julia, „bitte möglichst keine weiteren Abenteuer, ihr beiden! Ich hole dich dann in einer Woche wieder ab, Paul." Erst jetzt bemerkt Julia die kleine braune Reisetasche, die Paul in der Hand hält. Er grinst bis über beide Ohren, als könne er gar nicht genug bekommen von ihrem überraschten Blick. „Du fährst echt mit uns, Paul?", ruft sie jubelnd und umarmt ihn stürmisch. „Na ja, wir haben halt gedacht, also wir alle haben gedacht, dass ihr euch unbedingt ein wenig erholen müsst von dem Stress der letzten Tage", erklärt Andreas, „außerdem lernt Paul mich mal von meiner besseren Seite kennen, ich hoffe, ihr seht das auch so?" „Absolut Papa! Danke, euch allen natürlich, ihr seid einfach so super cool! Aber woher kennt ihr euch überhaupt?", fragt sie erstaunt. „Hier in der Pfalz lernt man sich schnell kennen, bei einer Fahrradtour durch die Weinberge zu Beispiel, oder bei lecker Flammkuchen und einem guten Schoppen", antwortet Andreas vergnügt und wirkt sehr entspannt. Die Fahrt geht los, es wird gewunken, bis nichts mehr von den Lieben in Wachenheim zu sehen ist. Julia legt den Kopf an Pauls Schulter, „weißt du, Wachenheim ist eigentlich kein bisschen langweilig." „Stimmt", findet Paul, „aber erst, seit du hier aufgetaucht bist."

Nachricht an Hannah:

Julia: „Hi Hannah, wenn du mich suchst,

ich bin auf Wolke sieben, und

sehr, sehr glücklich !!!Bis bald :)"

Deine Julia

Die Antwort kommt prompt:

Versprich mir, dich gut festzuhalten, falls das
Wetter umschlägt, notfalls fang ich dich auf.
Schick mir wenigstens mal ein Bild von deinem
Himmelsstürmer!

Liebe Grüße Hannah

Die Fahrt gen Norden verläuft gut und ohne jede Langeweile. Tom nimmt Paul voll in Beschlag. Er hat alle möglichen Spiele eingepackt und will durchgängig bespaßt werden. Thea und Andreas finden es sehr entspannend, Julia nimmt es gelassen. Sie ist froh, Paul neben sich zu haben. Bei freier Bahn und zwei kurzen Pausen sind sie gut sechs Stunden unterwegs, als das Navi vermeldet: Sie haben ihr Ziel erreicht, es liegt auf der linken Seite. Das Ziel heißt „Parken hinterm Deich". Ein Shuttlebus bringt sie pünktlich zur Anlegestelle. Von da geht's weiter mit der Fähre auf die Insel. Ein kleiner Touribus fährt sie schließlich bis vor das Ferienhaus abseits der Durchgangsstraße. Der Garten ist ein Blütenmeer an Hortensien und Rosen. Thea ist entzückt. Die Vermieterin erwartet sie und hat zur Begrüßung den Tisch im Garten gedeckt, mit selbstgebackenem

Blaubeerkuchen und Friesischem Tee, was alle Ankömmlinge sehr freut. Das Häuschen ist gemütlich eingerichtet, alles ist zur vollsten Zufriedenheit der Urlauber. Die Übergabe wird zur Plauderstunde der Erwachsenen. Mittlerweile haben Tom, Paul und Julia sich die passenden Zimmer ausgesucht und die Taschen ausgepackt. „Wir gehen schon mal zum Strand", ruft Julia ihren Eltern zu. Tom bezieht sich selbstverständlich mit ein, was Julia mit einem schrägen Blick zum kleinen Bruder quittiert. Paul sieht es gelassener und fragt ihn nach den Drachen, die er mit Opa Justus gebaut hat. Tom ist begeistert. Der Strand liegt knapp hundert Meter vom Haus entfernt und ist über einen Trampelpfad zu erreichen. Hell und breit liegt er vor ihnen, und das Meer glitzert türkisblau in der Farbe des Himmels. Die Sonne scheint und lädt zum Sonnenbaden ein. Julia setzt sich in den warmen Sand und schaut den beiden Jungs zu, wie sie den Drachen in den Wind setzen und aufsteigen lassen. Paul beherrscht das Spiel mit dem Wind perfekt, Julia ist beeindruckt. Bald überlässt er Tom das Führungsseil und setzt sich zu Julia.

„Hast du einen Badeanzug an?", „Klar, du auch?!" „Ja, worauf warten wir? Wer zuerst im Wasser ist", ruft er unternehmungslustig. Die Klamotten fliegen in den Sand, und sie rennen vorbei am spielenden Tom ins kühle Nass. Todesmutig, mit Gekreische überwindet Julia den Schock des kalten Nordseewassers, während Paul mit einem Kopfsprung in die Wellen springt und nach einigen Metern prustend wieder auftaucht. „Angeber!", ruft Julia. „Na warte", droht Paul, umfasst sie, um mit ihr unterzutauchen. Julia gibt sich geschlagen und schüttelt die Locken. „Okay, bist kein Angeber, aber ich hab genug fürs erste, und ein Handtuch hab ich auch nicht!" Das Problem hat Thea schon gelöst, die gerade mit ein paar Badetüchern auf den Strand zukommt. ›Alles ist perfekt‹, denkt Julia, ›so super perfekt!‹ Thea rubbelt Julias Rücken trocken, während Paul hinter den Dünen verschwindet und sich umzieht. Andreas hat sich aufgerafft, mit Tom zu spielen. Thea hat Lesestoff dabei, so können Paul und Julia in Ruhe am Strand spazieren gehen und die Gegend erkunden. Die beiden rennen, lachen und albern. Als sie weit genug von den Eltern weg sind, nimmt Paul Julia atemlos in die Arme und küsst sie zärtlich. „Ich kann es immer noch nicht glauben, dass wir hier zusammen Urlaub machen", flüstert Julia glücklich. „Kneif mich, Paul, damit ich weiß, dass es kein Traum ist. Es ist zu schön um wahr zu sein." „Kneifen soll ich

dich? Gerne! darf ich mir die Stelle aussuchen?",
lacht er. „Aber im ernst, Julia, was machst du dir
für Gedanken? Lass es uns einfach genießen!" „Ja,
du hast Recht, trotzdem, ... ich meine wir kennen
uns gerade mal sechs Tage und ich hab das Gefühl, dass wir uns schon immer gekannt haben."
„Pssst... ich vertreibe dir die Gedanken aus dem
Kopf, hilft dir das?" Paul nimmt ihren Kopf in
beide Hände und küsst ihr die Worte von den
Lippen, sie lässt es widerstandslos geschehen.
„Schau mal, Pferde!", versucht Julia ihren Mund
wieder zum Sprechen zu nutzen, und löst sich aus
Pauls Umarmung. „Na klar, gegen so einen Gaul
komme ich nicht an, was hat so ein Pferd, was ich
nicht habe?", fragt er gespielt verzweifelt. „Vier
Beine und einen starken Rücken", lacht Julia und
hüpft auf Pauls Rücken, der sich prompt in den
Sand fallen lässt. Die Reitergruppe kommt näher,

Julia steht auf und klopft sich den Sand vom Shirt. Sie bemerkt, dass die Gruppe geführt wird, was es wahrscheinlich macht, dass man sich hier Pferde mieten kann. Sie will gleich mit den Eltern sprechen. „Kannst du reiten, Paul?" „Nicht wirklich, hab es zweimal probiert, eher weniger erfolgreich." „Ich gebe dir Reitstunden", schlägt Julia vor, „wirst schon sehen, ist gar nicht schwer und total geil!" „Okay, ich hab 'ne Menge Respekt vor großen Tieren, aber größtes Vertrauen zu dir." „Dann frag ich meine Eltern, ob sie uns die Reitstunde spendieren." „Nicht nötig, Julia, das übernehme ich", erklärt Paul.

Tag sieben

Julia ist schon früh aufgestanden. Sie will Brötchen holen und möglichst auch schon nach einem Reiterhof mit Pferdeverleih suchen. Aber Paul kommt ihr schon entgegen. Wie so oft mit frischem Gebäck zum Frühstück. „Hey, du Frühaufsteher, du stiehlst mir die Show mit deinen Brötchen." „Kein Problem, dafür darfst du gerne Kaffee kochen, beim Tischdecken helfe ich dir selbstverständlich!" „Das Angebot ist okay, Herr von Ziterow", freut sich Julia. „Ach ja, um zehn können wir die Pferde abholen." „Echt?? Du bist ein Schatz, Paul! Wie hast du das denn hingekriegt?" „Kannst du den zweiten Teil des Satzes nochmal wiederholen?", flirtet Paul.

„Mmmmh, das duftet ja lecker", kommt Andreas in die Küche, „ihr beiden macht echt einen guten

Job! Guten Morgen, ihr beiden!" „Morgen Paps, Paul hat zwei Pferde gemietet, um zehn müssen wir sie abholen, wir fangen schon mal an mit Frühstück," antwortet Julia mit vollem Mund. „Was so ein bisschen Verliebt sein doch alles bewirkt", flüstert Andreas im Schlafzimmer, als er Thea eine Tasse Kaffee ans Bett bringt. „Danke für den Kaffee", antwortet Thea lächelnd, „bist du vielleicht auch ein bisschen verliebt?" „Quatsch, ich will dich nur aus den Federn holen." „Na fein", schüttelt sie lachend den Kopf, „ aber wenigstens bist du ehrlich." „Hab ich was Falsches gesagt?", fragt Andreas irritiert. „Aber nein, Schatz, ich versteh doch was du meinst, du Romantiker vor dem Herrn, ich steh ja schon auf."
Julia und Paul sind schon unterwegs, als die restliche Familie frühstückt. Paul hat einen Pferdehof in der Nähe gefunden. „Lammfromme Tiere",

versichert der Pferdewirt, was Paul dankbar zur Kenntnis nimmt. Er hat tatsächlich noch nicht länger als zehn Minuten auf einem Pferd gesessen, will es aber vor Julia nicht gerne zugeben, ihr den Spaß nicht verderben. Er hilft Julia beim Aufsatteln und Zäumen, um zu lernen, wie es geht. Natürlich hilft sie ihm auch, sie spürt seine Unsicherheit. Dann geht's los. Paul versucht Haltung anzunehmen, bloß nicht auffallen! Julia ist ganz in ihrem Element, reitet locker im Trab an. Offenbar sind die Pferde gut aufeinander eingestimmt, auch Pauls Pferd trabt los, ganz ohne sein Zutun. Sie entfernen sich vom Hofgelände, Julia wählt den Weg nordöstlich in Richtung Sandstrand. „Lass uns einfach quer durch die Landschaft reiten, ich kenne den Weg, wir sind letztes Jahr schon mal hier gewesen", ruft sie Paul zu, der sich bei dem lockeren Trab schon sehr konzentrieren muss, um sattelfest zu sein. „Warte, Julia, das Reiten ist hier nur auf gekennzeichneten Wegen erlaubt, ich will keinen Ärger, das hier ist Naturschutzzone zwei!", ruft er zurück. „Du Spaßbremse", antwortet sie lachend. Plötzlich scheut Julias Pferd. Es steigt auf, und ehe Julia sich versieht, stürzt sie zu Boden und ihr Pferd galoppiert auf und davon. Paul bekommt Panik. „Bleib stehen, verflixter Gaul!" Julia, bist du okay??" Julia hebt die Hand und versucht aufzustehen, um gleich wieder zu Boden zu gehen. Sie bleibt reglos liegen. Dann läuft alles aus dem Ruder. Pauls Pferd steigt ebenfalls, er kann sich nicht halten, rutscht vom Sattel. Das Tier steigt wieder und wieder, als ob es ihn loswerden wollte. Es rennt los. Paul hängt im Steigbügel fest, mit dem Kopf nach unten. Ein wahnsinniger Schmerz durchfährt ihn, dann verliert er die Besinnung. Eine halbe Stunde später kommen die Pferde nassgeschwitzt, jedoch ohne Reiter auf den Hof zurück. Der Pferdewirt erkennt an Pauls Pferd, dass der linke Bügel angerissen ist. Er macht sich umgehend mit einem Jeep auf die Suche. Nach einem Kilometer muss er ihn jedoch stehen lassen und zu Fuß in die Naturschutzzone weiterlaufen. Er ruft ihre Namen in den Wind und bekommt keine Antwort. Dann fällt ihm ein Turnschuh auf, der abseits des Weges liegt. Eine dunkle Ahnung befällt ihn. Er nimmt sein Handy und ruft die Inselwacht über Notruf. „Ich vermute einen Reitunfall, brauche einen Suchtrupp in die Naturschutzzone zwei!"

Thea und Andreas liegen entspannt am Strand und schauen Tom zu, wie er unermüdlich mit Wind und Drachen kämpft. „Was für ein schöner Tag", schwärmt Thea verträumt. „Ja, nach der stressigen Zeit haben wir uns einen erholsamen Urlaub wirklich verdient", findet Andreas. „Ich sollte meine Eltern und auch Bernhard anrufen, dass wir gut angekommen sind." „Ja, mach das gleich nach Mittag, wenn Julia und Paul zurück sind, Schatz." „Julia hat sich ziemlich verändert, oder? Sie ist erst sechzehn, geht jetzt schon ihren eigenen Weg, wird so schnell erwachsen. Es fällt mir ehrlich gesagt nicht leicht, das zu akzeptieren", bemerkt Andreas." „Ich verstehe was du meinst, Andreas, aber sie wirkt glücklich und es ist sicher auch für sie nicht einfach die Gefühle einzuordnen", gibt Thea zu bedenken. Das ohrenbetäubende Geräusch eines Hubschraubers über ihnen stört ihr Gespräch. „Guck mal, Papi, schreit Tom, ein Rettungshubschrauber!" „Tja, die leben hier auf einer Insel, das ist die einzige Möglichkeit, Schwerkranke oder Verletzte in eine Klinik auf's Festland zu bringen!", erklärt Andreas seinem staunenden Sohn. Als der Lärm des Hubschraubers sich verzogen hat, hört Andreas sein Handy klingeln. „Das ist sicher Opa, er kann's wohl nicht abwarten, bis wir anrufen", lacht er und meldet sich. Thea spürt sofort, dass etwas Schlimmes passiert ist, Andreas Gesicht wird weiß wie eine Wand. „Wir kommen, sind gleich da", ruft er aufgeregt ins Handy. „Wir müssen zum Haus, die Küstenwacht..." „Andreas!!", schreit Thea jetzt und schüttelt ihren Mann, „sag mir was los ist!!" „Tom, bitte komm sofort mit. Sofort!! Hörst du?!", ruft er stattdessen seinem Sohn zu. Eine ahnungsvolle Angst schnürt

Thea die Kehle zu, Tränen stehen in ihren Augen. „Was ist passiert, Andreas, bitte sag doch was!" „Beide..., beide sind mit den Pferden verunglückt", bringt er stockend hervor. „Man hat sie im Naturschutzgebiet gefunden!" Thea strauchelt, ihre Beine fühlen sich völlig kraftlos an. Andreas muss sie stützen. Auch Tom ist völlig verwirrt und verunsichert, was den plötzlichen Stimmungswechsel verursacht hat. Er läuft zitternd und ohne seinen Drachen hinter den Eltern her. Vor dem Ferienhäuschen steht ein Polizeiauto. Das Gespräch der beiden Polizisten verstummt beim Anblick der Familie. „Familie von Weißensee?", fragt einer der Beamten und stellt sich als Hauptkommissar Klose vor. „Können wir uns drin unterhalten?" Dann schildern die Beamten, was passiert ist. „Was ist mit unserer Tochter und wie geht es Paul von Ziterow??", fragt Andreas, und versucht, seine Verzweiflung unter Kontrolle zu behalten. „Ihre Tochter wurde nach Hamburg in die Endo Klinik geflogen, die ist spezialisiert auf Knochen- und Gelenkfrakturen." „Oh Gott nein!", schluchzt Thea haltlos. „Und Paul? Was ist mit Paul??" „Er wurde in die Polio Klinik in Hamburg Eppendorf gebracht, es sieht nicht gut aus, es tut mir Leid!" Thea bricht regelrecht zusammen, ein Beamter ruft einen Arzt. Sie zittert am ganzen Körper, Andreas versucht sie zu beruhigen und gleichzeitig Tom zu trösten. Er selbst weiß nicht, woher er die Kraft nehmen soll, die seine Familie jetzt dringend braucht. Kommissar Klose räuspert sich, „Können wir irgendetwas für sie tun?" „Sagen sie mir, was sie wissen, … wie es passiert ist, wer sie gefunden hat und..., welcher Art die Verletzungen sind." „Genaues können wir zum jetzigen Zeitpunkt nicht sagen. Fakt ist, dass sie mit Pferden unterwegs waren. Die Pferde kamen nach dem Unfall alleine zum Stall zurück. Was zum Sturz geführt hat, wissen nur die beiden, und die sind nicht ansprechbar…" „Können sie uns Telefonnummern der Kliniken zukommen lassen?" unterbricht Andreas den Beamten. „Das können wir gerne für sie rausfinden, mein Kollege wird ihnen gleich die Informationen geben. Sind sie Angehörige von Paul?" „Nein, er ist mit unserer Tochter befreundet." „Dann benötigen wir noch die Anschrift von Pauls Angehörigen, um sie zu informieren." „Oh Gott, ja, natürlich. Er heißt Paul von Ziterow, die Nummer…." „Danke, der Name hilft uns weiter, wir haben sein Handy, damit kommen wir klar." „Hier ist die Nummer der Endo Klinik, Herr von Weißensee. Doktor Kehlig erwartet ihren Anruf. Wir melden uns, sobald wir etwas Neues erfahren", verabschiedet sich der Polizist mitfühlend. Der Arzt verabreicht Thea ein Beruhigungsmittel und lässt auch für Tom Tröpfchen da, falls er unruhig ist. Er hinterlässt seine Rufnummer und bietet an jederzeit vorbeizukommen, wenn sie Hilfe brauchen. Thea ist wie betäubt. Sie kann nicht denken, sie kann nicht einmal trösten, weil nichts auf der Welt sie selber trösten kann. Andreas holt sich ein Glas Wasser und setzt sich ans Telefon. Zuerst die Endo Klinik! Es kommt ihm endlos lang vor, bis sich die Zentrale am anderen Ende meldet. Er nennt seinen Namen und erklärt, dass seine Tochter vor gut einer Stunde von Norderney aus eingeliefert worden ist. „Einen Moment, ich verbinde", ist die geschäftige Antwort. Dann steckt er in einer Warteschleife. „Bitte legen sie nicht auf, sie werden gleich weiter verbunden.... Bitte legen sie nicht auf, sie werden gleich weiter verbunden....Bitte legen.." „Station zwei, Doktor Kehlig am Apparat, was kann ich für sie tun?" Andreas atmet tief ein, bevor er seinen Namen nennt. „Meine Tochter ist vor etwa neunzig Minuten eingeliefert worden, aus Norderney, ein Pferdeunfall, können sie uns dazu eine Auskunft geben?" Seine eigene Stimme hört sich fremd für ihn an, er räuspert sich, um ihr mehr Festigkeit zu geben. „Bitte, wie geht es ihr, können wir sie sprechen, dürfen wir kommen?" „Also, normalerweise geben wir am Telefon keine Auskunft, aber die Polizei hat angekündigt, dass sie sich bei uns melden. Im Groben folgendes: Ihre Tochter ist jetzt im OP. Sie hat einen Beckenbruch und das linke Handgelenk ist ebenfalls gebrochen. Außerdem hat sie eine schwere Gehirnerschütterung. Sie war bei der Einlieferung bewusstlos, vermutlich hat sie auch einen Schock. Erst bei der Untersuchung im CT hat sie ihr Bewusstsein wiedererlangt. Ansonsten hat sie mehrmals nach einem „Paul" gefragt? Sie können sie gerne morgen Vormittag besuchen. Sollte etwas Unvorhergesehenes sein, kann ich sie unter der Nummer erreichen, die ich jetzt auf dem Display sehe? Hallo? Sind sie noch da?" Andreas schluckt „Ja, ja, ich bin noch da, ja, das ist meine Handynummer. Ich danke ihnen für die Auskunft, ... sagen sie ihr bitte, dass wir sie lieben." Andreas weint, er kann nicht mehr stark sein. Müde streichelt Thea, die das Gespräch über Lautsprecher mitgehört hat, ihren Mann, den sie so noch nie erlebt hat. „Es geht jetzt nicht nur um uns, wir müssen Bernhard anrufen, ob er schon etwas von Paul weiß", sagt Andreas. Er hat Mühe, die Telefonnummer in seinem Handy zu finden und Bernhards Nummer anzuwählen. Nach dem ersten Klingeln ist er dran. „Bernhard, hier ist ..." „Oh mein Gott Andreas, wie geht es Julia?" „Sie ist im OP, Bernhard, was ist mit Paul?" „Ich weiß es nicht, man sagt mir nichts, es ist zum verrücktwerden, Ly und ich werden gleich losfahren, in etwa sechs Stunden sind wir in der Klinik. Ich bleibe bei ihm, hab mich auf unbestimmte Zeit freistellen lassen. Ich habe schreckliche Angst, Andreas, er ist doch alles, was ich habe." „Ja, Bernhard, ich verstehe dich sehr gut. Wir wünschen alles, alles Gute für Paul..., und wir bleiben in Verbindung, Bernhard, ich melde mich morgen!" „Danke dir, auch für Julia alles Gute, bis morgen." „Thea, wir müssen nach Hamburg!", beschließt Andreas. „Ich werde meine Eltern anzurufen, dass sie sich um Tom kümmern!" „Ja Andreas, alles gut..., alles wird wieder gut." Andreas ist sich nicht sicher, ob sie weiß, was sie sagt. Er ruft seine Eltern an, es fällt ihm schwer, ihnen von diesem Horrorunfall zu erzählen und sie damit zu belasten, und dann gleich noch zu bitten, sich um Tom zu kümmern. Aber selbstverständlich sind sie bei allem Kummer sofort bereit zu helfen. Sie versprechen, Tom morgen in Hamburg abzuholen.

Hannah: Hi Julia, ich hoffe, du sitzt noch sicher auf Wolke sieben?? Ich denk an dich,

Hannah

Achter Tag

Die Fähre nach Norddeich geht kurz nach sieben. Von da aus sind es noch einmal fast dreieinhalb Stunden bis zur Klinik, dort wollen sie die Großeltern treffen. Andreas ruft die Klinik noch einmal von unterwegs an. Julia liegt auf der Intensivstation und in einem Gipskorsett. Sie hat starke Schmerzmittel bekommen und schläft. Dann ruft er Bernhard an. Die Nachrichten sind mehr als schlecht, Paul wurde ins künstliche Koma versetzt. Mehrere Brüche können aufgrund seiner schweren inneren Verletzungen nur notdürftig versorgt werden. Bernhard ist völlig aufgelöst, „Gott sei Dank kümmert Ly sich um Vieles", sagt er, „ich weiß nicht mehr wo mir der Kopf steht, Andreas." Opa Justus und Oma Hilde warten schon vor der Klinik. Sie sehen ziemlich mitgenommen aus, „Wir sind schon oben bei ihr gewesen", sagt Oma und in ihren Augen glitzern Tränen, die sie vor Tom mühsam zurückhält. „Deine Schwester schläft noch, sie braucht jetzt viel Ruhe, um gesund zu werden, deshalb fahren wir drei gleich mit dem Zug zurück nach Wachenheim, du wolltest doch immer gerne mit dem Intercity fahren, stimmt's?" Tom nickt, auch er ist müde und traurig, er kann sich nicht wirklich freuen. Andreas und Thea verabschieden sich rasch von ihren Eltern und von Tom. Sie wollen so schnell wie möglich zu ihrer Tochter.

*

Es geht hektisch zu auf der Intensivstation. Pflegepersonal und Ärzte in blauer und grüne Arbeitskleidung laufen geschäftig umher. Auch sie müssen sich mit Kittel und Mundschutz bekleiden. Überall um die Pflegebetten, die oft nur mit einem Paravent abgetrennt sind, stehen blinkende, piepsende Apparate. Eine Schwester führt sie zu Julias Bett. Andreas hält Theas Hand und drückt sie, sie ist eiskalt. „Sie ist eben aufgewacht, ein Arzt wird auch gleich kommen und sie informieren. Ihre Tochter braucht viel Ruhe, und bitte keine Aufregung!", erklärt sie streng und lässt sie mit Julia alleine. „Julia, Liebes, wie geht es dir?", schluchzt Thea und auch Andreas kämpft mit den Tränen. „Mama, Paps, es tut mir so Leid, dass ich ...", kommt es leise über ihre blassen Lippen. „Psst," unterbricht Thea mit erstickter Stimme, „alles wird gut, wir sind bei dir." „Wo ist Paul?" „Paul kommt später, er..., er ist noch auf der Insel", versucht sich Andreas im Notlügen. Bloß keine Aufregung! Julias Augenlider schließen sich, sie schläft wieder ein. Ein junger Arzt kommt auf Julias Bett zu. „Kommen sie bitte mit in mein Dienstzimmer, ich bin Doktor Kehlig, wir haben telefoniert", stellt er sich vor. Ihre Tochter hat starke Schmerz- und Beruhigungsmitteln bekommen, braucht jetzt viel Schlaf. Sie hat Glück im Unglück gehabt. Es sind relativ unkomplizierte Brüche, ein Band im Handgelenk wurde fixiert. Sie muss aber mindestens sechs bis acht Wochen ein Korsett tragen, außerdem hat sie eine Gehirnerschütterung. Sie steht allerdings noch unter massivem Schock. Zwei Wochen wird sie sicher hier bleiben wenn alles gut verläuft, dann dürfte sie transportfähig sein. Wenn sie mögen, können sie hier in der Klinik ein Zimmer bekommen. Wir sind auf solche Notfälle eingerichtet. Haben sie noch Fragen?" Andreas schaut den Arzt dankbar an. Er hat vorerst keine Fragen, die Aussage und Prognose des Arztes geben ihm einigermaßen Sicherheit. Thea blickt durch eine Glasscheibe des Dienstzimmers sorgenvoll zum Bett ihrer Tochter. Sie hat Angst vor Julias Fragen. „Ja, Andreas, lass uns hier im Haus das Zimmer nehmen", bittet sie, „dann sind wir ihr näher, sie braucht uns jetzt."

Hannah: „Ey, Süße, bin ich dir jetzt wurscht? Melde dich mal, du untreue Tomate."

Neunter Tag

Julia ist schon wach, als die Eltern zu Besuch kommen. Sie bekommt einen Tee und eine Scheibe Weißbrot zum Frühstück, hat aber noch nichts angerührt. „Wie konnte das nur passieren, was hat Paul erzählt? Warum meldet er sich nicht?", will sie wissen. „Der Arzt hat dir absolute Ruhe verordnet, er hat allen Besuch untersagt, außer uns beiden!", versucht Thea sich raus zureden. „Wir sollen dich aber herzlich von ihm grüßen!", lügt Andreas tapfer weiter, „er denkt viel an dich." „Aber er kann doch anrufen!", jammert sie. „Telefonieren ist hier nicht erlaubt, Julia", antwortet Thea, diesmal wahrheitsgetreu. Thea ist froh, dass Julia immer wieder schläft. Das macht die Sache etwas leichter. Andreas ist auf den Flur gegangen, um Bernhard anzurufen. Die

Mailbox springt an. Andreas verspricht, sich später wieder zu melden. Aber auch den restlichen Tag geht Bernhard nicht ans Telefon. Andreas macht sich die größten Sorgen.

Hannah: „Hey Julie, ich mach mir Sorgen! Werde deine Ellies anrufen, wenn du dich nicht bei drei bei mir meldest!!!!!
Eins - zwei – drei...!"

Zehnter Tag

Tatsächlich ruft Hannah Julias Eltern an und erfährt nun von dem schlimmen Unfall der Freundin. Als ob sie es gefühlt hätte, ihre Sorgen waren voll begründet! Sie wünscht sich sehr, jetzt an der Seite ihrer Freundin sein zu können.

Thea sitzt am Bett ihrer Tochter. Julia ist wach, sie wirkt aber abwesend. „Warum meldet sich Paul nicht", fragt sie leise. Thea schluckt, sie sieht, wie Julia leidet und es tut ihr in der Seele weh. „Paul musste zurück nach Wachenheim", lügt sie, „er wird sich melden, sobald er daheim ist." Julia dreht den Kopf zur Seite und weint leise ins Kissen. Auch dass Hannah sich nach ihr erkundigt hat, tröstet sie wenig. Am Abend spricht Thea mit Andreas darüber. Wir müssen uns was einfallen lassen, es zerreißt mir das Herz, wie sie sich quält." „Ich hab doch auch keine Ahnung, was wir tun können, Thea. Wenn ich nur wüsste, wie wir den beiden helfen könnte." Er ist völlig verzweifelt. „Ich rufe Bernhard nochmal an, ich muss wissen, wie es dem Jungen geht", antwortet er stattdessen und wählt Bernhards Nummer. Nach vielen Freizeichen meldet sich Bernhards müde Stimme, „Hallo Andreas, es tut mir Leid, dass ich mich noch nicht gemeldet habe, wie geht es Julia?" „Sie ist wach, aber noch zur Beobachtung auf Intensiv, ich glaube, sie leidet am meisten darunter, dass sie nicht weiß, warum Paul sich nicht meldet. Wir dürfen ihr noch nichts sagen, der Arzt hat alle Aufregung verboten, aber wie geht es Paul??" „Es hat eine ernste Krise gegeben, Andreas. Sie haben versucht, ihn aus dem Koma zu holen, dabei kam es zum Herzstillstand, er musste reanimiert werden!" „Oh mein Gott, nein, wie schrecklich!" „Ja, Andreas, es ist zum Ver-rücktwerden. Sie haben ihn wieder zurück ins Koma versetzt." „Wie schrecklich, Bernhard!" , flüstert Andreas heiser. Andreas hört wie Bern-hard sich mehrfach schnäuzt, der Freund weint. „Können wir dir irgendwie helfen, darf ich dich in der Klinik treffen? Einfach nur reden?", fragt Andreas zaghaft. Bernhard stimmt zu.

Elfter Tag

Als Andreas und Thea an diesem Morgen auf dem Weg zu Julia sind, werden sie vom Personal informiert, dass ihre Tochter ein Schlafmittel bekommen hat, weil sie sehr unruhig war. „Es scheint, das sie unter starkem Stress leidet. Hat sie sich gestern irgendwie aufgeregt? Wir können uns die Verschlechterung sonst nicht erklären.", will der Arzt wissen. Thea erzählt von Paul, und dass Julia leidet, nichts von ihm zu hören und das sie schon mehrfach etwas erlogen haben, um ihre Tochter nicht aufzuregen. „Da kann ich ihnen nicht weiterhelfen, lassen sie sich irgendwas einfallen, was sie nicht beunruhigt", antwortet er lakonisch, nickt ihnen zu und geht seiner Arbeit nach. Zurück bleiben zwei hilflose Eltern, die ihr

Kind schützen wollen und keine Idee haben, wie sie es anstellen.

Andreas fährt nach Eppendorf, um Bernhard zu treffen. Gemeinsam besuchen sie Paul in der Klinik. Betroffen nimmt er Bernhard, der um Jahre gealtert scheint, in den Arm, um ihn zu trösten. „Paul zeigt keine Reflexe, die Ärzte, … sie befürchten, dass er gelähmt bleiben könnte", erzählt Bernhard stockend. Andreas drückt sanft Pauls Hände, die kraftlos auf der Decke liegen. „Julia wartet auf dich, Junge", flüstert er, „sie vermisst dich so sehr, und wir vermissen dich auch. Bitte werde gesund. Kämpfe, Paul, kämpfe, für euch beide, bitte, ihr habt euch doch lieb!", flüstert er ihm mit erstickter Stimme zu. Andreas fühlt eine lähmende Hilflosigkeit, als er Paul zum Abschied noch einmal die kraftlosen Hände drückt. Als sie später ins Kaffee kommen, wartet Ly auf sie. „Ich werde dich ablösen hier, Bernhard. Du brauchst mal etwas Ruhe, keine Widerrede!", entscheidet sie, „ich hab Urlaub und bleib erst mal hier bei meinen Eltern!" Bernhard schaut sie dankbar an. Er ist völlig am Ende mit seiner Kraft. „Wie geht es Julia?", wendet sie sich an Andreas. Er erzählt ihr von der Situation und der unerklärlichen Verschlimmerung. Ly nickt betroffen „Vielleicht", überlegt sie laut, „können wir da was deichseln, wo ist eigentlich Pauls Handy", fragt sie Bernhard spontan. „Ich hab es nach dem Unfall an mich genommen, es ist in meinem Zimmer", antwortet er. Okay, dann gib es mir bitte, Bernhard, ich werde ihr schreiben, werde Pauls Part übernehmen, solange er es nicht kann." Die beiden Väter schauen irritiert, bis sie erklärt, was sie vorhat: „Ja, ich werde Julia Nachrichten von Pauls Handy schicken, mir fällt schon was ein, und ich werde Paul Julias Antworten vorlesen, die werden ihm die Augen öffnen und Beine machen, wieder gesund zu werden", lächelt sie. Aufmunternd streichelt sie Bernhard über den Arm. Es ist so viel Optimismus in ihren Worten. Sie schafft es mit diesem vagen Versprechen, alles ein wenig heller zu machen. Andreas sieht Ly dankbar an und umarmt sie spontan Als er abends Thea von seinem Besuch bei Paul und dem Treffen mit Bernhard und Ly erzählt, keimt etwas Hoffnung in ihr.

Hannah: Liebe Julia, es tut mir so leid, mit deinem Unfall. Aber bitte werd bald wieder gesund! Jedenfalls werde ich dich jetzt jeden Tag daran erinnern!!!

Ich hab dich lieb,

deine Hannah

Zwölfter Tag

Julia ist auf die normale Station in ein Zweibett-zimmer verlegt worden. Medizinisch gesehen spricht nichts dagegen. Allerdings soll sie ab sofort von einer Psychologin betreut werden, die sich um ihr Seelenheil kümmert. Wie so oft sitzen Thea und Andreas am Bett ihrer Tochter. Sie wirkt völlig apathisch. Auf ihre Frage, wie es ihr geht, dreht sie statt einer Antwort den Kopf zur Seite. Die Grüße von Tom und den Großeltern quittiert sie nur mit einem müden Nicken. ›Es ist zum Verrücktwerden‹ denkt Thea, ›wohin soll das noch führen, hoffentlich hilft ihr die Therapie‹. In dem Moment vibriert Julias Handy. In ihren Augen scheint für einen winzigen Moment so etwas wie ein Lichtblick. Thea reicht ihr das Telefon. Mit zitternden Fingern öffnet sie ihre

Nachrichten. Vier ungelesene Nachrichten von Hannah, und eine neue von Paul!!! Andreas sieht die Veränderung in Julias Gesicht, in ihren Augen blitzt für einen Moment glückliche Überraschung. Deshalb lädt er Thea ein, ins Kaffee zu gehen. Er möchte Julia jetzt allein lassen. Julia ist aufgeregt und froh, dass die Eltern das Zimmer verlassen und sie allein ist. Paul hat sich gemeldet, endlich!!! Ihr Herz schlägt aufgeregt, das Blut rauscht in ihrem Kopf. Dennoch öffnet sie zuerst die Nachrichten ihrer besten Freundin. Auf der Intensivstation war das Handy nicht erlaubt. Sie konnten sich nicht schreiben. Sie ist gerührt von der Anteilnahme und nimmt sich vor, baldmöglichst zu antworten. Endlich öffnet sie Pauls Nachricht:

Liebste Julia,

bitte verzeih mir, dass ich mich bis jetzt nicht gemeldet habe. Der Unfall und deine Verletzung waren ein großer Schock für mich und dass du in diese Klinik gebracht wurdest und ich nicht bei dir sein kann, ist fast unerträglich. In meinen Gedanken bin ich jede Minute bei dir, ich wünsche mir, dass du das auch spürst. Vielleicht hilft dir die CD, die ich dir geschenkt habe, die lange Zeit im Krankenhaus besser durchzustehen. Ich bin noch am nächsten Abend zurück nach Wachenheim. Papa hat mich in Norddeich abgeholt. Auch er wünscht dir, dass du bald wieder gesund wirst. Ich vermisse Dich sehr. Für heute genug, aber bis ganz bald.

Liebe Grüße und Küsse

dein Paul

Als Thea und Andreas ins Zimmer zurück kommen, finden sie ihre Tochter in Tränen aufgelöst. Erschrocken fragt Thea, was passiert ist. „Ach Mama, Paul hat sich endlich gemeldet. Ich bin so glücklich", schluchzt sie. „Oh je, mein Schatz, ich dachte, glücklich sein sieht anders aus?", stellt Andreas halb belustigt fest. Thea wischt sich verstohlen die Tränen aus den Augen. ›Es hat geklappt‹", denkt sie hoffnungsvoll, ›sie hat sich den Stress von der Seele geweint‹. Zum ersten Mal seit sie in der Klinik liegt, verspürt Julia Appetit und isst ihr Abendbrot komplett auf. „Sehr schön!", lobt die Schwester, als sie das Geschirr einsammelt. Als die Eltern sich an diesem Abend verabschieden, nimmt sie ihr Handy und schreibt zuerst ihrer Freundin:

Hallo Hannah,

es tut gut, eine Freundin wie dich zu haben! Danke!!! Und ja, ich verspreche dir schnell, nein, ganz schnell gesund zu werden! Kann nicht telefonieren, bin nicht alleine, kann nicht ungestört reden, aufstehen ist leider auch noch nicht...
Bis bald, hab dich auch lieb, Julia

Dann antwortet sie Paul:

Lieber Paul,

es gibt nichts zu verzeihen, ich freue mich so sehr über deine Nachricht. Am meisten vermisse ich *DICH* hier. Alles wird gut, wenn ich weiß, du denkst an mich, dann ist dieser bescheuerte Unfall und das Krankenhaus und alles andere auszuhalten. Es tut mir so leid, das ich dir Stress gemacht habe mit meinem Sturz, (und ein paar Urlaubstage habe ich dir auch gestohlen) so was ist mir zum ersten Mal passiert. Ich nehme an, du bist mal wieder mein Retter gewesen? Ich wünschte mir, wenn das alles hier vorbei ist, könnten wir den Urlaub wiederholen. (natürlich ganz ohne Pferde) Würdest du mich eventuell auch mit Krücken lieb haben??? (kleiner Scherz) Ich werde meine Eltern bitten, deine CD mitzubringen. Und ich werde sie mir immer wieder anhören, deine Stimme, deine Worte, deine Melodie. So hilfst du mir gesund zu werden. Ich vermisse dich so sehr...

Bis bald, deine Julia

Dreizehnter Tag

Sechs Tage sind seit dem schrecklichen Unfall vergangen und sechs Tage liegt Paul nun schon im künstlichen Koma. Ly sitzt an seinem Bett und liest dem Schlafenden Julias Nachricht vor. Nichts an ihm verrät, ob irgendwas davon bei ihm ankommt. Zusätzlich hat sie ein Demoband von Julias Bandauftritt mitgebracht und setzt Paul vorsichtig die Kopfhörer auf. Auch hier bleibt sein Gesicht unbewegt. Ly nimmt seine Hand und streichelt sie sanft. Sie hört die Songs und summt sie leise mit. Das letzte Lied beginnt, „Just give me a reason". In Lys Augen brennen Tränen. Der Song ist mit soviel Liebe gesungen, es geht ihr nah. Sie sucht ein Taschentuch. Plötzlich sieht sie Pauls Finger zucken. Ly traut ihren Augen nicht. Sie weiß, dass sie jetzt eigentlich sofort eine Pflegekraft rufen sollte. Doch irgendwas hält sie ab. ›Ich werde ihm dieses Lied noch einmal vorspielen. Ich muss erst sicher sein, dass ich mir das nicht nur eingebildet habe.‹

Zweiter Versuch:

Ly nimmt Pauls Hand in die ihre und spielt das Band ab dem letzten Song erneut ab. Es tut sich nichts. ›Vermutlich hab ich Gespenster gesehen‹, denkt sie enttäuscht und nimmt den Kopfhörer von Pauls Kopf. In dem Moment spürt Ly ganz deutlich die Bewegung von Pauls Hand. Aufgeregt ruft sie einen Arzt, der am Nebenbett bei einem Patienten steht. „Da! Da, sehen sie doch! Er bewegt seine Hand, sehen sie doch!!“ Ly zupft den Arzt an seinem Kittel, so aufgeregt ist sie. Der Arzt schaut sich die Aufzeichnung der Monitore an. Er ruft einen weiteren Kollegen hinzu und bittet Ly, beiseite zu gehen, um weitere Untersuchungen und Tests durchzuführen. Ly hört angestrengt zu, was die Spezialisten bereden. Dann schickt man sie aus dem Raum. Es vergeht eine geschlagene Stunde, bis ein Arzt auf sie zukommt. „Wir haben beschlossen, ihn noch heute aus dem künstlichen Koma zu holen. Die Reflexe sind eindeutig positiv. Irgendetwas hat ihn im Innersten aufgewühlt, er will wach sein. Es kann jetzt einige Zeit dauern, wir rufen sie an2. Lys Herz tanzt vor Glück. Sie setzt sich ins Kaffee und schreibt eine weitere Nachricht von Paul an Julia.

Liebe Julia,

Es freut mich, dass du schon wieder Pläne machst, und klar wäre ich sofort dabei, bei einem zweiten Urlaub, und natürlich hab ich dich auch mit Krücken lieb. Hauptsache *DU* ! Für mich bist du auch mit Krücken das süßeste Mädchen, das ich kenne. Ich würde dann auch mit Krücken kommen. Ich habe mir unser Konzert heute nochmal angehört und fühle mich dir dabei nah. Das tut so gut. Ich schick dir das Demoband zu. Du fragst, ob ich dich gerettet habe? Ich werde dich immer und überall retten, das verspreche ich dir! Ich vermisse dich wahnsinnig und wünsche dir gute Besserung,
dein Paul

Als Ly nach fast drei Stunden zurück in den Intensivbereich kommt, ist am Bett nur noch ein Arzt. Gutes Zeichen? Schlechtes Zeichen? Langsam, mit klopfendem Herzen bleibt sie stehen. Dann hört sie Pauls Stimme, ihr Herz macht einen Sprung. Der Arzt steht auf, als er Ly sieht. „Hallo, lächelt er freundlich, ich bin Doktor Caspari, er ist zurück..., Paul ist wieder da, wir haben ihn wieder!" Ly schlägt die Hände vors Gesicht und wischt sich die Freudentränen aus den Augen. Dann atmet sie tief durch und reicht dem jungen Arzt die Hände. „Danke, danke, danke", sagt sie glücklich, und „Hallo, ich bin Ly Thoris, seine Cousine." Sie sieht die Zuversicht in seinen Augen und ist sehr gerührt. Paul sieht müde aus, aber er lächelt tapfer. Langsam, auf Zehenspitzen geht sie zum Bett, als ob sie Angst hätte, ihn zu erschrecken. Sie nimmt seine Hände, küsst sie bewegt. „Hallo ‚... hallo Paul, du bist wach, wie schön." Eine Schwester kommt, um Blut abzunehmen, sie macht Platz. Der Arzt deutet ihr mitzukommen. Paul braucht noch viel Ruhe. „Ich möchte ihnen die gute Nachricht nicht vorenthalten. Er hat gute Reaktionen auf alle neurologischen Tests gezeigt. Die Befürchtung, dass er Lähmungen behält, bestätigt sich nicht!" Ly bedankt sich überglücklich für die guten Nachrichten und verabschiedet sich. Zuerst ruft Ly Bernhard an „Paul ist wach, Bernhard, er ist wach..., und er kann sich bewegen. Er reagiert auf alles, Bernhard! Hörst du? Alles wird gut, er hat es geschafft!!" Sie ist außer sich vor Freude. „Bernhard bist du noch da?" „Ja..., aber ja, Ly!", antwortet er mit tränenerstickter Stimme, „natürlich bin ich da! Bin schon unterwegs, bis gleich, Ly!" „Nein, warte noch Bernhard, er soll heute noch absolute

Ruhe haben, sagt der Arzt. Genieße einfach den schönen Nachmittag und die gute Nachricht, geh spazieren, das wird dir sehr gut tun", schlägt sie vor.

Hannah: Hallo Julia, ich denke, du brauchst ein wenig Aufmunterung, wie wäre es, wenn ich am Wochenende zu dir nach Hamburg komme??
Liebe Grüße Hannah

Julia: Kannst du Gedanken lesen? Super, ich würde mich sehr freuen,
deine Julia

„Warum kommt Paul nicht auch einfach mal", denkt sie traurig.

Vierzehnter Tag

Ly nimmt sich vor, Julia gleich noch einmal zu besuchen. Bald können die beiden wieder ohne ihre Hilfe klarkommen, da ist sie ganz sicher! Sie fährt in den dritten Stock, läuft ins Stationszimmer und fragt nach ihrer Zimmernummer. „Zimmer 316", antwortet die Schwester, „aber sie ist nicht in ihrem Zimmer, sie ist unten im Eingang", erklärt die Schwester. Ly ist überrascht und geht zurück zum Aufzug. Der Eingangsbereich ist ein sonniger Platz mit einigen Sitzbänken, gesäumt von blühenden Sträuchern und Büschen. Sie sieht Julia am Arm eines Pflegers langsam auf sie zu kommen. Julia strahlt, als sie Ly erkennt. „Hi Ly, was machst du denn hier in Hamburg, wie schön, schau, ich darf auf die Beine!" „Hallo Julia, ist ja Wahnsinn, wie hast du das so schnell geschafft?" „Er hat mich in ein Korsett gezwängt." Sie zeigt mit dem Kopf in Richtung Pfleger. „Der Doc meint, der Bruch würde auch so gut heilen können, ein bisschen Bewegung kann nicht schaden, sagt er." Die Schweißtröpfchen auf ihrer Stirn zeigen, wie anstrengend es für sie ist. „Aber mit Vorsicht und nur häppchenweise, ein Marathon ist noch nicht drin, und für heute ist erst mal Schluss!", mahnt der Pfleger. Sie wird in einen Rollstuhl gesetzt und Ly übernimmt die Fahrt zurück ins Zimmer. „Wieso bist du hier, Ly?" „Ich bin zu Besuch bei meinen Eltern, die leben ja im 'Alten Land', ist ja nur ein Katzensprung von hier", erklärt Ly. „Das ist ja ein schöner Zufall", freut Julia sich. „Naja, ich wollte natürlich auch wissen wie es dir geht und ich hab was von Paul mitgebracht, das ich dir geben soll." Sie überreicht Julia Demoband. „Danke, Ly, das ist lieb, er hat mir das Band versprochen", Julia legt es auf den Nachttisch, ein bisschen enttäuscht ist sie schon, dass kein Brief dabei ist. ›Vielleicht rufe ich ihn gleich mal an‹, denkt sie. Ly merkt der Freundin die Enttäuschung an und beschließt, gleich Abhilfe zu leisten. Sie gibt vor, zur Toilette zu gehen. Von dort aus will sie Julia eine neue SMS von Paul schreiben. Sie hat gerade die ersten Worte eingetippt, als Pauls Handy klingelt: Julia!! „Schiet", sagt sie halblaut, jetzt hilft nur noch Wasser. Sie geht zum Waschbecken, dreht das Wasser auf, nimmt Julias Gespräch an, und hält den Hörer dicht an den Wasserstrahl. Zusätzlich macht sie selbst gurgelnde Geräusche. Sie hört Julia am anderen Ende mehrmals Pauls Namen rufen. Endlich beendet Julia mangels Verständigung das Gespräch. Erst jetzt bemerkt sie die Dame, die kopfschüttelnd ans Waschbecken kommt, um sich die Hände zu waschen. Ly lächelt etwas gequält. ›Manno, wie peinlich! Langsam wird mir die Sache anstrengend, das muss bald ein Ende haben‹, nimmt Ly sich vor. Zurück in Julias Zimmer verabschiedet sie sich rasch mit der nächsten Notlüge, einen Zahnarzttermin zu haben! Stattdessen fährt sie zu Paul, um zu sehen, wie es ihm geht. Er sitzt im Bett, hat etwas zu essen vor sich und wirkt erstaunlich wach. Seine erste Frage nach der Begrüßung, wie sollte es anders sein, ist: „Weißt du, wie es Julia geht? Ly, ich habe gesehen, dass sie gestürzt ist, aber sonst kann ich mich an nichts erinnern, es ist wie ausgelöscht. Ich muss wissen, was mit ihr ist, kannst du mir helfen, Ly, bitte! Mein Handy ist weg, vielleicht hat Dad es mitgenommen. Weiß er überhaupt, was passiert ist, kommt er?" „Natürlich ist er hier und weiß, was passiert ist", tröstet sie ihn. „Alles ist okay, Paul, ich werde mich nach Julia erkundigen, versprochen! Entschuldigung, muss mal kurz zur Toilette." Langsam kommt sie sich albern vor, aber es muss sein. Sie ruft Bernhard an, dass er kommen soll und instruiert ihn, nichts von Julia zu sagen. Dann geht sie zum behandelnden Arzt, Doktor Caspari, der gerade Mittagspause macht. Sie schildert dem kauenden Doc die schwierige Situation, in der sie steckt. Der äußerst sympathische junge Mann hört ihr geduldig zu, versteht, was sie will. „Da hilft eigentlich nur die Wahrheit, möglichst in kleinen Häppchen und, sehr schonend verabreicht, kann sie auch gesund machen. Ich helfe ihnen dabei, das kriegen wir hin", bietet er Ly lächelnd an. „Sagen sie mir, wann es losgehen soll!" Erleichtert geht Ly auf den Flur, wo sie auf Bernhard trifft. Sie erzählt ihm, was sie vorhat, und bittet ihn, schon zu Paul zu gehen. Ly sagt dem netten Arzt bescheid, dass es nun sofort losgehen kann. Zwei Minuten später stehen sie zu dritt vor Pauls Bett. Bernhard ist der glücklichste Vater unter Gottes Sonne und in seinen Augen brennt es vor Rührung, als Paul ihn schelmisch anlächelt. Der Arzt setzt sich auf die Bettkante und kontrolliert Pauls Puls. Der schaut jetzt unsicher von einem zum Anderen. Er spürt, dass irgendwas auf ihn zukommt. „Paul", beginnt Ly, „wir sind alle glücklich, dass es dir wieder so gut geht, wir haben uns echt Sorgen gemacht. Besonders Julia! Du hast mich gefragt, wie es ihr geht", der Arzt behält Paul sorgenvoll im Blick, weil sein Puls bedenklich ansteigt. Ly spricht langsam weiter „es geht ihr jetzt auch wieder besser, Paul. Ihr habt viel Glück gehabt, auch mit euren Ärzten." Dabei blickt sie den Doc auf Pauls

Bett lächelnd an. „Es gab aber auch sehr kritische Phasen, teilweise auch, was die psychische Verfassung betrifft, wo wir ein wenig nachgeholfen haben, damit es euch besser geht." „Was meinst du mit „nachgeholfen?", fragt Paul angespannt. „Jetzt meldet der Doc sich zu Wort. „Also Ly, ich meine, deine Cousine, hatte die Idee, deine Freundin Julia, die heftig in den Seilen hing, mit SMS Nachrichten aufzubauen, die du zwar nicht selbst verfasst hast, die ihr aber..." „Paul, ich kenne eure Geschichte", mischt Ly sich wieder ein, „also wusste ich, wie gut es euch tut, etwas vom anderen zu wissen. Das Problem war, du konntest selbst nichts schreiben, und Julia durfte nichts davon erfahren, weil sie noch unter Schock stand. Sie hat sehr darunter gelitten nichts von dir zu hören, immer wieder nach dir gefragt. Also habe ich geschummelt, hab ihr nicht erzählt, dass du hier im Krankenhaus liegst, sondern, dass du wieder in Wachenheim bist, und ihr eine SMS von deinem Handy gesendet, die sie sehr aufgebaut hat. Hier ist übrigens dein Handy, darfst es aber hier auf Intensiv noch nicht benutzen. Ja, und darauf hat Julia dir geantwortet. Das hat dir wiederum gut getan. Als ich dir euren Song vom Demoband vorspielte, hast du dich endlich gerührt, sozusagen ein Zeichen gegeben, dass du wach sein wolltest..., und es tut mir echt kein bisschen Leid, dass ich das getan habe, weil es euch beiden jetzt besser geht." „Ly war sozusagen von mir und Julias Eltern dazu autorisiert", erklärt Bernhard dem verdutzten Paul, der um Fassung ringt. „Aber wie geht es Julia jetzt wirklich?" „Es geht ihr schon ganz gut, ich war heute morgen bei ihr. Sie trägt noch ein Korsett weil sie einen Beckenbruch hat, macht aber gute Fortschritte in der

Genesung", antwortet Ly. „Kann ich sie sehen, kann ich zu ihr?" Der Blick zum Arzt sagt nichts Gutes. „Du wirst noch eine Weile unser Gast sein und noch mindestens einmal ins OP müssen. Die Oberschenkelfrakturen müssen erst in Ordnung gebracht werden. Aber vielleicht klappt es ja bei Julia mit einem Transport, ich werde mich gleich mit den Kollegen der Endo Klinik in Verbindung setzen", verspricht er, und zwinkert Ly freundlich zu, bevor er geht. Auch Ly verabschiedet sich mit dem Gefühl, dass jetzt alles gut wird und lässt Bernhard und Paul alleine. Sie fährt erneut in die Endo Klinik. Im Eingang trifft sie Julia im Rollstuhl mit ihren Eltern, die spazieren gehen wollen. Ly begrüßt die Familie, muss aber, wie sie sagt, noch schnell was erledigen. „Bin gleich zurück, vielleicht treffen wir uns später im Kaffee, zu einem Eis?", ruft sie im Weggehen. Andreas und Thea schauen ihr irritiert hinterher, „was hat sie vor?", flüstert Andreas. Doktor Kehlig sitzt im Stationszimmer und telefoniert. Ly bleibt geduldig auf dem Flur stehen und hofft, dass es Doktor Caspari ist, mit dem er so freundlich redet. Endlich legt er auf, gibt einer Schwester irgendwelche Anweisungen, die sie nickend aufnimmt. Jetzt klopft Ly an die Glastüre und wartet, bis man sie bittet einzutreten. „Mein Name ist Ly Thoris", stellt sie sich vor, „ich komme aus der Polio Klinik in Eppendorf." „Ach, dass ging ja flux", bemerkt die Schwester, „ich sag Doktor Kehlig Bescheid, einen Moment, bitte." Ly ist Doktor Caspari dankbar, das er sich so schnell gekümmert hat. ›Netter Kerl...‹, denkt sie lächelnd. Auch Doktor Kehlig lässt nicht lange auf sich warten. „Ich habe mir gerade Julias Akte angesehen, es spricht überhaupt nichts dagegen, dass sie im

Krankentransporter in die Polio gefahren wird. Wenn es der Gesundung von zwei jungen Menschen hilft, organisieren wir das für morgen Vormittag, sagen wir elf Uhr?" Ly umarmt den verdutzen Doktor und verabschiedet sich. Sie muss telefonieren, Bernhard Bescheid sagen. Aber vorher will sie Julias Eltern einweihen. Sie kommt sich vor wie eine Verschwörerin. Ly geht zum Eingang und trifft Andreas, der gerade auf dem Weg zum Kaffee ist. Sie winkt ihn zu sich und erzählt ihm von der Möglichkeit, Julia morgen zu Paul nach Eppendorf zu bringen. Andreas ist sofort einverstanden. „Alles klar, dann müssen wir Julia darauf vorbereiten", sagt er, „damit sie keinen Schock kriegt." „Ich weiß nicht, ob dass so klug ist, wahrscheinlich schläft sie dann heute Nacht vor lauter Aufregung nicht", wendet Ly ein. „Da hast du sicher Recht!" Jetzt hat auch Julia die beiden entdeckt, „Hey, ihr Quasseltüten, was redet ihr da hinter unserem Rücken?" ruft sie belustigt. „Es geht ihr jetzt so gut, ich hoffe, sie verkraftet das", murmelt Andreas. Als Ly sich an diesem Nachmittag von Julia und ihren Eltern verabschiedet, ist sie sicher, dass alles gut wird. Sie ruft Bernhard an und erzählt, dass sie mit Doktor Kehlig vereinbart hat, Julia um elf Uhr vormittags nach Eppendorf zu bringen. Anschließend ruft sie Doktor Caspari an, um sich für seine Hilfe zu bedanken. „Ich weiß gar nicht, wie ich Ihnen danken soll, ich bin so froh für Paul und Julia, dass sie sich endlich sehen können!" „Mir würde da schon was einfallen, mit dem Danke sagen", lacht er ins Telefon. „Was da wäre?", fragt Ly mit gespielter Unschuld. „Naja, ich kenne da einen netten kleinen Italiener, der hervorragend kocht." „Hört sich gut an!" Ly lächelt glücklich. „Ja dann, wie wär's mit morgen Abend? Um neunzehn Uhr habe ich Feierabend, es ist ganz in der Nähe der Klinik". „Okay, ich warte vor der Klinik, bis morgen!" Es dauert eine Weile, bis sie ihr Grinsen wieder loswird.

Fünfzehnter Tag

Nach dem Frühstück kommt die Visite ins Zimmer. Julia liegt im Bett mit Musik auf den Ohren, und immer den Blick aufs Handy, ob er sich wohl heute meldet? Sie zieht den Kopfhörer ab. Der Arzt scheint heute besonders gut gelaunt zu sein. Er lächelt sie freundlich an und erzählt irgendwas von einem Ausflug, den sie gleich unternehmen wird. In eine andere Klinik, ob sie bereit dazu ist, ob sie sich wohlfühlt...? ›Was soll das denn‹, denkt sie irritiert und fragt, warum sie da hin soll. „Es dient der Gesundheit, um elf geht es los", antwortet der Arzt knapp, nickt ihr zu und zieht mit dem Tross der Visite weiter. Eine Schwester kommt und hilft ihr beim Ankleiden. Der Pfleger holt sie mit dem Rollstuhl ab und bugsiert sie in den Krankentransporter. ›Ist schon ein Scheißgefühl, so auf Hilfe angewiesen zu sein‹, denkt Julia, Nie zuvor hat sie sich mit solchen Gedanken befasst. Auch an ihrer Schule gibt es drei junge Leute mit Handicap, wie man so schön sagt, sie weiß nicht mal ihre Namen. Das muss sich ändern, beschließt sie.

*

Der Wagen hält vor einem großen Klinikkomplex. Sie wird ausgeladen und in die Eingangshalle Richtung Aufzug geschoben. Sie fahren hoch. Der Aufzug hält, blubbert irgendwas von „Drittes Obergeschoss Intensivstation!" „Ein mulmiges Gefühl überkommt sie. ›Was soll ich hier?‹ denkt sie. Plötzlich piept ihr Handy. Eine Nachricht von Paul: „Hallo Julia, gilt dein Angebot mit den Krücken immer noch???" Julia ist verwirrt, will sofort antworten. Der Pfleger bittet sie jedoch, das Handy nicht zu benutzen, zeigt auf ein Hinweisschild: Intensivabteilung, Handys bitte ausschalten! Schade‹, denkt sie, ›ich hab mich so auf eine Nachricht von ihm gefreut."‹ An der Zugangstüre zum Intensivbereich reicht der Pfleger ihr Händedesinfektion und zieht ihr einen Kittel über. Er schiebt sie in einen Behandlungsraum, wo drei Betten an der Wand, eingerahmt von vielen Instrumenten und Monitoren stehen, betroffen schaut sie sich um, sie erinnert sich nur zu genau an ihre Tage auf einer solchen Station. Der Rollstuhl wird angehalten, der Pfleger lässt sie alleine. Plötzlich nimmt sie eine Stimme wahr: Pauls vertraute Stimme. „Ich hab noch keine Antwort auf meine Frage, Julia, gilt das noch mit den Krücken?" Julia kommt sich vor wie im falschen Film. Sie schaut sich um, sieht Paul in einem der Betten. Er winkt und lächelt, was ist das hier? ›Ganz ruhig‹, denkt sie, „vielleicht träume ich auch nur, ›vielleicht hab ich ihn so vermisst, das ich halluziniere...‹ „Paul?", fragt sie zweifelnd. „Hallo Julia, keine Panik, alles okay, ich bin's nur. Kannst ruhig ein bisschen näher kommen." „Paul? Du hier?? Ich dachte..." Julia ist außer sich vor Schmerz, den Freund auf der Intensivstation zu sehen, vor Freude, dass er offenbar gut drauf ist und vor Glück bei ihm zu sein. Langsam rollt sie auf ihn zu. „Kneif mich Paul, damit ich weiß, dass ich nicht träume", schluchzt sie. „Schon wieder? Dann musst du ein bisschen näher kommen, sonst klappt das nicht mit dem Kneifen", lacht er. „Wieso bist du hier?", fragt sie, „was ist dir passiert?". „Ja, was soll ich sagen, so ganz lammfromm waren unsere beiden Pferde wohl doch nicht, erst du, und dann ich. Das

Gröbste haben wir hoffentlich jetzt überstanden. Wie geht es dir, Julia?" „Jetzt ist alles okay, mein größtes Problem war, glaube ich, dass ich dich vermisst hab. Der Rollstuhl ist übrigens nur vorübergehend", versucht sie sich in einer Erklärung. „Oh, sorry, den hab ich gar nicht wahrgenommen", neckt er „ist aber doch ein schickes Gefährt, außerdem hab ich mich in dich verliebt, da kann auch ein Rollstuhl nichts dran ändern! Es sei denn, du kannst mit einem Freund an Krücken nichts anfangen", fügt er etwas ernster hinzu. Julia ist gerührt von seinen Worten. „Danke Paul, ich würde dich dafür gerne küssen, komme leider nicht so nah an dich dran", klagt sie. „Tut mir so Leid, das mit den Pferden..." „Pssst", schneidet Paul ihr das Wort ab, legt den Finger an seinen Mund und gibt ihn mit Kuss zurück an ihre Lippen. „Du bist hier, Julia, das zählt, sonst nichts." So langsam kommen alle Beteiligten der Aktion in den Raum. Bernhard, Thea, Andreas und Ly mit Doktor Caspari. „Habt ihr davon gewusst?", fragt Julia mit gespieltem Entsetzen, „und niemand hat mir etwas gesagt?? Was seid ihr nur für eine verschworene Gesellschaft!" „Das alles und noch viel mehr werden wir dir später erzählen", lacht Ly, der das Glück aus den Augen strahlt, als Doktor Caspari seinen Arm zärtlich um ihre Schulter legt. „Steckst du etwa auch mit diesen Leuten unter einer Decke, Paul?", fragt Julia mit strengem Blick. „Bis zum Kinn", lacht er, „aber erst seit gestern." Der Pfleger kündigt weitere Besucher an und schiebt Pauls Bett in einen Vorraum. Die Großeltern mit Tom sind angereist und Hannah ist mitgekommen. Sie möchte unbedingt den Typen kennenlernen, der ihre Freundin auf Wolke sieben katapultiert hat.

Es sind noch viele Fragen offen. Erst nach und nach erfahren Julia und Paul von ihren Eltern, was passiert ist. Doch hauptsächlich von Ly, die diese Geschichte aufgeschrieben hat, weil sie aufregend und romantisch ist. „Gerade erst fünfzehn Tage sind vergangen seit dem Moment, wo Paul sich ungefragt neben Julia auf die Mauer gesetzt hat. Fünfzehn verrückte, aufregende Tage, voller Abenteuer und neu entdeckter Gefühle. All das hat ihr Leben verändert und auf den Kopf gestellt.

„Das Leben ist wie eine Achterbahn", findet Julia, „mal ist man oben und mal unten, manchmal fühlt es sich wie ein Traum an, aus dem man gar nicht mehr erwachen will. Oder es ist so rasant, dass man sich irgendwo festhalten möchte, um nicht aus der Bahn zu fliegen. Aber mit den richtigen und wirklich wichtigsten Menschen an der Seite wird alles gut."

Ende

Mit besonderem Dank an Almut Germann
für die geduldige Unterstützung